D0416237

La Señora de Ansenuza

y otras leyendas

Bajo, Cristina
La Señora de Ansenuza y otras leyendas.- 1ª ed.-Córdoba: Ediciones del Boulevard, 1999.
204 p.; 21x14 cm.

ISBN 978-987-9234-03-7

1. Literatura folklórica. 2. Leyendas I. Título
CDD 398.2

Ediciones del Boulevard
Rosario de Santa Fe 535
X5000ACK - Córdoba - Argentina
Te/fax: (54 351) 425 8687
E-mail: ediciones@delboulevard.com.ar
www.delboulevard.com.ar

ISBN 978-987-9234-03-7

Primera edición: octubre de 1999
Primera reimpresión: septiembre de 2006
Segunda reimpresión: enero de 2007
Tercera reimpresión: agosto de 2007
Cuarta reimpresión: noviembre de 2008

Hecho el depósito que indica la ley 11.723
Impreso en Argentina

CRISTINA BAJO

La Señora de Ansenuza
y otras leyendas

Ediciones del Boulevard

A Rosalba Campra y Lucky Wettengel,
inseparablemente unidas a Cabana.

A pesar de la distancia
tengo tu hermosa presencia
tu abuela que te quiere
mucho te desea muchas
Felicidades y ¡Felices
Fiestas y Feliz cumple
Un gran abrazo

12-12-010 tu Abuela

Ojos verdes, corona silvestre

Ya avanzada la colonización española, vivía en San Javier de Traslasierra, en el extremo oeste de Córdoba, un capitán español con su esposa y sus hijos. Su única hija mujer era una joven silenciosa y tan retraída que muchas veces se la veía recorrer los campos, sola y como concentrada en sí misma. A pesar de las advertencias de sus padres, al menor descuido salía del hogar y a través del llano, llegaba a los cerros, trepando entre las piedras como si deseara ver qué había más allá de la próxima cumbre. Horas después regresaba, callada pero no huraña, hermética pero no intratable, llevando en la cabeza una corona hecha de ramas de sauce o de enredaderas silvestres.

—Hija, debes obedecernos —suspiraba la madre apretándole la mano—; tu padre y yo te lo imponemos por tu bien. A veces te alejas mucho y nosotros... nosotros tememos que algún vengativo... ya sabes, como tu padre...

Nunca terminaba las frases, quedando implícito que se refería a los naturales del país. Más de una vez la joven se preguntaba por qué el recelo, puesto que los que ella conocía eran los domésticos, de buena índole y engordados: ignoraba que más allá, en la tierra de las grandes piedras de Ongamira y en los llanos ahora inhabitados del oeste de Córdoba, del este de La Rioja, su padre había actuado —siendo ella pequeña— en dos o tres excursiones de escarmiento. Alonso Mercado y Villacorta estaba al mando de ellas.

Pero como aún quedaban por las inmediaciones algunos grupos comechingones, cristianos e indios solían hacer tratos de intercambio entre ellos.

Con el tiempo, un cacique que tenía su asentamiento en terrenos colindantes fue a tratar con el capitán y quiso el Destino que se encontrara con la muchacha —pálida como un lirio, de cabellos ensortijados— detenida junto al arroyo. Ella no pareció notar su presencia; ensimismada, desgranaba hojas de una rama, mirando cómo las arrastraba la corriente. En la serenidad verde del monte, del agua verde bajo el follaje verde, sus ojos se fundían en el mismo color.

La atracción de tan rara belleza hizo que el cacique quedara de inmediato seducido, mas, ¿cómo entenderse con una muchacha de otro pueblo, que hablaba en un idioma incomprensible?

Volvió rápidamente a la aldea y envió a sus hombres a indagar sobre la familia del capitán. Más adelante, con discreta ostentación, llegó a las tierras del español y con la excusa de ciertos trueques y algunas quejas, lo conoció. Comprendió de inmediato —más por instinto que por las palabras del intérprete— que el orgullo castizo de aquel hombre nunca le permitiría acercarse a la hija, aunque él se enorgulleciera de ser cacique reputado en la región como rico, valiente y justo.

—Tu sangre es tan noble como la de ese extranjero, cuyo único mérito para ocupar nuestras tierras es la fuerza —le dijo el más anciano de sus consejeros al ser consultado—. Respondes al ayllu del Gran Curaca Sicomo-Hanchiquín; tu sangre es la del valeroso Calahara-Hanchiquín. La parcialidad a la que perteneces es imponderable: los tuyos dominaron desde siempre las tierras de Salsacate.

Comprendiendo que sus cualidades serían inútiles al ponerlas en la mesa de pretensiones, perdido de amor por la cristiana, el cacique comenzó a seguirla, siempre a distancia, con el sigilo de un felino. Cuando la veía sentarse bajo un árbol, extraviada en ensueños, él se tendía a la sombra de las grandes piedras, bajo las matas olorosas, con el corazón cerrándole la garganta y la piel ardiéndole de pasión.

Hubo una vez que, por alguna circunstancia, los padres consiguieron retener a la joven en la casa por varios días, y luego de deambular como desorientado, acercándose más de lo prudente a la vivienda del capitán, el cacique cayó enfermo ante la ausencia de su amada, ausencia que creyó definitiva.

Sus asistentes se preocuparon y se reunieron en asamblea con los principales de la tribu. Temiendo perderlo por enfermedad o por locura, le aconsejaron apoderarse de la joven y llevársela a los escondrijos del Champaquí, la montaña entre montañas, que solamente ellos conocían. Por supuesto, se imaginaron a salvo de la represalia del capitán, pues la laguna del cerro «bramaba» cuando intentaba hollarlo el pie de un forastero, despidiendo neblinas —las almas de los antepasados— que protegían los lugares benditos. No era menor defensa el hecho de que en su cumbre se produjera granizo sin nubes y en sus entrañas estremecimientos subterráneos, tomándose como signo de respeto que el cóndor quisiera habitar en ella. Todas las tribus sabían que sólo los comechingones poseían las palabras que aplacaban al cerro y a su laguna.

Las laderas empinadas del monte estaban cubiertas por una selva espesa, de centenarios molles, enredaderas, talas, chañares y algún algarrobo que siendo más pequeño que los otros, era más anciano que todos juntos. Aquel lugar, en verdad y considerando los medios con que contaban españoles e indígenas, tenía las condiciones de un verdadero baluarte según unos; de un pucará invulnerable según los otros.

El cacique lo pensó por días, temiendo que aquel acto acarreara sobre los suyos infortunios más pesados que el de perder un jefe o tener que emigrar.

Y así, en la penumbra de la cueva en que vivía, mientras absorbía por la nariz —alentado por el médico brujo— el excitante polvo del cebil, veíala en su imaginación caminar entre los árboles, coronada de flores, recogiendo los pétalos que caían del ramo que llevaba en las manos. Y al recordar la levedad de su paso, el antes nunca visto color de su mirada, decidió jugarse a la suerte el destino de todos.

Tomar esta determinación fue el remedio a sus males. Mejoró rápidamente, convocando a guerreros y consejeros, que luego de discutir las posibilidades y los peligros, callaron a un ademán imperceptible del hechicero.

—Lo dejaremos en manos de los Espíritus —dijo y ante la inmediata dureza de la expresión del cacique, lo apaciguó con una deferente inclinación de la cabeza.

—Deberás imponerte una prueba, pues un jefe no debe equivocarse por imprudente, aunque sí puede hacerlo después de haber implorado a los Dioses que le den sabiduría.

Y contando con la atención y la curiosidad de todos, el hechicero le indicó la prueba con la que enfrentaría a la joven: debía acercársele amistosamente, llevándole como ofrenda el fruto del mburucuyá —empalagosamente dulce, de pulpa roja y semejante a la granada—; si ella recibía el obsequio, se vería en esa aceptación la aprobación de los Espíritus para que la tomara y se la llevara con él.

No mucho después de aquello se produjo el encuentro. ¿Cruzaron palabras balbuceadas, aprendidas por él en el trato con los blancos, por ella de la servidumbre indígena? ¿Ignoraba la joven que aquel hombre la seguía desde tiempo atrás con la constancia del animal en celo? ¿Se resistió a sus pretensiones o, como en los amores fatales, se entendieron con sólo mirarse, sin comprender el cabal significado del gesto del otro: la entrega pretendida por parte de él, la aceptación apenas cortés por parte de ella?

Nunca se llegaría a saber cómo logró el cacique llevársela hacia aquella región impenetrable para los que desconocían los pasos secretos, las sendas traicioneras que ascendían por arroyos que luego se volvían torrentes para desaparecer en un tajo de la serranía.

Cuando su padre comprendió que no regresaría, que estaba perdida o había sido raptada por los indígenas, convocó a gritos a sus hombres y mientras la madre lloraba, hizo aprestar los caballos y las armas, y con teas encendidas en brea se lanzó con su gente sobre las aldeas más cercanas: las encontró abandonadas, y aquella circunstancia alentó en los españoles la certeza de que con su ausencia certificaban su culpa.

Esa fue una noche de llanto para los padres, la madre pensando en la vulnerabilidad de ser mujer en un mundo de violentos; el padre enfurecido por la provocación, por la posibilidad de que su hija —su bien más querido—, fuera mancillada. Y en ella, la honra de él.

La joven, en tanto, había sido llevada a una zona casi inaccesible del Champaquí, donde los árboles escondían cuevas amplias y cómodas, algunas milenarias viviendas de los comechingones. Desde aquella muralla natural, a través de sus huecos y repliegues, se podía ver el llano, los precipicios, el monte negro y tupido. El silencio de los lugares apenas tocados por el hombre despertó en ella una desolada resignación: desde aquella altura, los blancos no existían, nunca se había producido la conquista, nunca se había introducido el caballo, la vaca, la oveja. Nunca se había plantado la rosa y la vid.

Y con el paso de los días, ella, la amada por el gran cacique, permanecía muda ante su raptor, impasible y esquiva, mirando siempre al valle, llegando a atormentarlo con el pensamiento de que estuviera contemplando el torrente, quizás con la idea de escapar, quizás con la de darse muerte.

Y una noche en que el hombre se durmió profundamente, la joven huyó, descalza y sin abrigo, venciendo el temor a los despeñaderos, al vértigo, a la oscuridad, a las espinas. Sus manos se laceraron de tomarse sin tino de las ramas, sus pies se desollaron al bajar aturdidamente por las piedras. Tiritando de frío, estremecida de miedo, oía el lerdo caer de un guijarro en la profundidad que parecía sin fondo de las quebradas. Al fin alcanzó a distinguir, por el reflejo de una nube o una estrella, la laguna misteriosa, la laguna que cantaba, que bramaba y solía estremecerse. Asustada hasta la locura, pensó en desbarrancarse, en lanzarse a sus aguas, en terminar con aquel cautiverio que, sin hacerle daño, la dañaba.

Pero el cacique había despertado como por una advertencia sobrenatural, y con la agilidad del que conoce el terreno, bajó rápidamente tras ella y al alcanzarla, la llamó con una voz apagada e intensa. La joven levantó la cabeza hacia él y a la claridad reveladora de la luna, se miraron fijamente: ella sosteniéndose de unas ramas cuyas espinas hacían correr la sangre de sus palmas hasta el codo, él inmóvil como una estatua, de pie casi sobre el vacío.

El guerrero pensó que si aquella mujer tan amada se tiraba al lago, él la seguiría, ya fuera para salvarla o para morir juntos, enredados en las plantas del fondo, babosas y traicioneras. Sin embargo, el sentimiento que él logró transmitirle

—falto de palabras, de una lengua común que los uniera— la tocó a través de la oscuridad: hipnotizada por los ojos desesperados del cacique, abandonada al desamparo que la acercaba al desvarío, vio la mano del hombre tendida, determinado a que cayeran juntos o se salvaran juntos.

—Toma mi mano —dijo él con la voz ronca de emoción, en lengua camiare.

Y con la ofrenda de la vida, sollozando, la muchacha le tendió una mano y dejó que la sostuviera de las muñecas y la alzara hacia él... Ya no habría más intentos de evasión.

En las tierras del español, grupos de soldados y de peones continuaban recorriendo la región a pie o a caballo, buscando inútilmente en los recovecos de la sierra, interrogando y torturando sin conseguir rastro o noticia de la hija del capitán, pues sólo su raptor y alguno de sus más fieles guerreros sabían dónde la mantenía oculta.

Se buscó mucho tiempo, no soportando el padre la pérdida de ésta a manos de un varón de piel oscura y de inferior condición.

Hasta que un día, por una venganza entre tribus, el español supo dónde estaba la joven y llegó hasta el Champaquí en una cabalgata fatigosa e irritante, dispuesto a recuperar a la desaparecida aunque fuera lo último que hiciera en la vida.

Se detuvo con su gente al pie de la montaña —inabordable a caballo— donde el cacique se había refugiado; ordenó a sus hombres trepar y a mitad de camino sorprendieron al raptor, que ha biendo oído al cerro bramar, y no estando en ese momento la joven en la caverna, salió atolondradamente a buscarla.

Peleó con bravura y determinación pero sus armas no pudieron contra las armas de los blancos ni él solo contra los muchos que se le echaron encima; sin embargo, su maza destrozó a varios y su brazo desbarrancó a otros. Y cuando ya hecho un saco de huesos quebrantados fue bajado y arrastrado por el pedregal hasta las patas del caballo del hidalgo, éste sentenció:

—Átenle una piedra a los pies y arrójenlo a la laguna —porque por más que el cerro y el agua habían bramado y echado sus gasas de niebla y arrojado su granizo seco, aquellos hombres que no creían en los Espíritus de la montaña habían vencido, con su incredulidad y su indiferencia, a los antiguos dioses del Champaquí.

La joven, que estaba mirando desde una tronera hacia el valle donde alguna vez viviera, oyó los gritos y bajó corriendo hacia la cornisa que corría sobre el lago.

Desde allí contempló el final del suplicio del cacique, dándose cuenta por los aprestos de lo que iban a hacer con él. Gritó llamando a su padre, pidiéndole misericordia para el único hombre que la había amado, sabiendo a cuánto había renunciado por ella, cuánto había sufrido por aquel amor demente que le tenía.

Como una garza que levanta vuelo, sus blancos vestidos se hincharon mientras corría hacia los hombres gritando: «¡Clemencia!» para aquél al que llamó por primera vez su esposo.

Su padre palideció y mientras indicaba a uno de los soldados que la atrapara y la subiera al caballo, con una seña del brazo ordenó que se arrojara a las aguas al ladrón de su sangre.

No obstante comprender su destino, el cacique tenía en el rostro una expresión de dicha —tardía ésta, pero al fin conseguida— al ver a la muchacha de ojos verdes y cabellos claros que bajaba por él, que quería salvarlo, que lo nombraba en ambas lenguas su esposo. Lo arrojaron de un empellón dado con una estaca calzada en sus riñones, y él prorrumpió en un grito de exaltación en el que nombraba a su amada por el nombre que le diera en su dialecto.

La joven, paralizada ante la secreta llamada, se detuvo en el borde de la torrentera que descargaba en el lago. Miró a su padre, que la contemplaba sin misericordia, haciéndola responsable de la afrenta que había caído sobre él; leyó en sus ojos una sentencia larga y amarga y en un segundo comprendió que cambiaría un cautiverio por otro, donde el nuevo guardián iba a ser, con seguridad, menos benévolo que el anterior. Vio cómo el guerrero se hundía limpiamente en la laguna y así como él había estado dispuesto a hacerlo una vez, ella levantó los brazos y antes de que pudieran detenerla, se arrojó a las aguas. Su cuerpo cayó envuelto en las telas blancas que parecían sostenerla sobre el aire. Muy abajo, la superficie oscura de la laguna del Champaquí la recibió.

Dicen que el padre dijo:

—Mejor muerta que deshonrada —y no rezó ni una plegaria por su alma. Sin embargo, al dar la vuelta para regresar, indicó:

— Jamás la encontramos, pero hemos ajusticiado al ofensor.

La madre, con esas lágrimas que llegan a conmover al más recio, a fuerza de interrogar y suplicar se enteró de la verdad y secretamente hizo buscar el cuerpo de la hija: quería enterrarlo, sino cristianamente, al menos en el santuario natural que ella tanto había amado, allí cerca, donde ella pudiera llevarle las flores que habían sido de su gusto. Nunca lo encontraron; sus restos, como los del cacique, jamás salieron a flote. Y siendo tan hondo y enigmático el estanque, nadie se atrevió a sumegirse más allá de la profundidad que iluminaba el sol.

El padre no volvió a nombrarla, pero ya senil y casi ciego, entre los doseles de la cama donde se cobijaba su muerte, lloró por ella llamándola en la oscuridad...

Mucho tiempo después, cuando sólo los ancianos del Valle de San Javier recordaban el suceso, comenzó a verse surgir de la laguna una caprichosa aparición: la de una joven de tenues vestiduras, coronada con flores silvestres y llevando entre los dedos el fruto de la Pasionaria.

Hasta el día de hoy se deja ver en el primer crepúsculo, a la hora en que dicen desapareció. Mientras come los rojos granos del mburucuyá, erguido el torso sobre el agua, observa la montaña, los difíciles senderos, la cumbre inaccesible. Desde lejos, desvaneciéndose si alguien se le acerca, mira a los hombres que se sobresaltan con su presencia. Luego, con movimientos lánguidos y armoniosos, vuelve a sumergirse como si estuviera absorta en una búsqueda sin fin. Todo lo hace con tranquila dedicación: tiene por delante la eternidad.

El fruto azul del siempre regresar

En tiempos muy remotos un grupo de familias de las tribus asentadas en Chubut, viendo los síntomas con que se anunciaba el durísimo invierno, decidieron emigrar de las planicies castigadas por los vientos a algún valle más protegido, donde a los Espíritus del Aire les costara encontrarlos.

Entre estas gentes vivía una mujer tan vieja que hasta los ancianos la habían conocido ya anciana, sospechando muchos que Koonek —tal su nombre— era una «machi» —hechicera—, en este caso bondadosa.

Cuando toda la tribu estuvo lista para partir, Koonek se negó a seguirlos.

—Soy muy vieja —explicó— para tan larga travesía. Si he de morir, que sea sobre la tierra de mis antepasados. Cuando vuelvan, en el tiempo de las flores, seguramente me encontrarán esperándolos.

Así que le dejaron algunos cacharros, unas pieles para que se abrigara y algo de la escasa comida que llevaban. Desde su solitario toldo, la anciana los vio perderse en la ventisca como si sólo fueran una sombra sobre el terreno gris de la Patagonia.

A medida que pasaban los días se fue acabando la comida y entonces Koonek debió salir y escarbar la tierra reseca para desenterrar raíces con las que alimentarse, o caminar entre las piedras con la esperanza de dar con yerbas comestibles, ya que por su edad era imposible pensar en que pudiera cazar el pequeño ciervo patagónico, el ñandú (choique) o el guanaco del que los habitantes del sur obtenían comida y abrigo.

Un día, para sorpresa de ella, llegaron los pájaros, y al ver que la única presencia humana era la de Koonek, pensaron que no había peligro; venían de un largo viaje y debían continuar después de reponer fuerzas.

La anciana solía llamarlos con sonidos tranquilizadores y ellos fueron tomando confianza; y Koonek, ya fuera porque en verdad era «machi», ya porque sentía la soledad o porque los ancianos, lejos de las tormentas de las pasiones, están más cerca de plantas y animales, comenzó a entenderse con ellos. A sus últimos trinos la anciana comprendía que debía guarecerse en el toldo, y a los primeros se levantaba a buscar con paciencia el sustento del día, guardando siempre algo para las aves. Entre ellas tenía un favorito: un pequeño pichón que solía seguirla de rama en rama mientras Koonek escarbaba la tierra o juntaba leña. Con el paso del tiempo, el pajarito llegó a convertirse en su amigo inseparable.

Y feliz en esta compañía, ella no se dio cuenta de que los días se acortaban y que había llegado el Espíritu del Viento a sobrevolar el lugar con sus tristes sonidos. Los pájaros sintieron que debían partir hacia el norte, y una mañana Koonek descubrió que todos se habían ido... hasta el pequeño pichón, al que ella extrañaría hon-damente.

Aquel anochecer, sin nadie que le anunciara la hora de entrar en el toldo, Koonek se quedó sentada a la puerta de él, sintiéndose sola y desgraciada.

Estaba por entrar a avivar el fuego que sería su única compañía, cuando el pichoncito volvió muy asustado: se había perdido al bajar a tomar agua mientras la bandada seguía su vuelo.

Koonek lo consoló y lo recibió en su vivienda para paliar la tristeza que sentía al haberse quedado sin padres y sin amigos. Desde aquel día el pajarito durmió entre las pieles de su lecho, sin saber que la anciana se desvelaba pensando cómo podría alimentarlo, pues con la primera nevada los insectos se esconderían y poco sustento quedaría sobre la tierra.

«¿No dicen que soy machi?» se preguntó ella con amargura; «algo se me estará permitido hacer». Después de esta reflexión, Koonek se durmió pensando que por el amor que tenía a su pequeño amigo encontraría la forma de que sobreviviera.

A la mañana siguiente se encontraron con que la primera nevada había teñido de blanco el suelo castigado por el frío. La anciana paseó la mirada alrededor del toldo buscando qué dar de comer a su pajarito, pero sólo vio arbustos con duras espinas, los únicos capaces de sobrevivir en cualquier clima.

Mientras se paseaba llorando y preguntándose cómo podía la Tierra ser tan cruel con sus indefensos hijos notó, asombrada, que sus lágrimas, al tocar una mata de espinillo, se iban convirtiendo en un pequeño fruto de un azul amoratado. Y al pasear la vista sobre el resto de las plantas, vio cómo, tal cual se encienden las estrellas a las primeras sombras, todos los arbustos se iban cargando de estas frutas.

Llamó a gritos a su compañero de infortunio, que se lanzó sobre ellas glotonamente, mientras transmitía a su amiga: «¡Ojalá mis padres lo supieran! ¡No tendrían que irse tan lejos en busca de comida!»

Pero Koonek, que miraba hacia el horizonte, le señaló a sus compañeros que regresaban en busca de él. Al distinguir tan abundante alimento, rompieron en cantos estridentes; y aunque agotados por el largo viaje, se posaron en las ramas y picotearon las bolitas moradas: ya no sería necesario emigrar para encontrar el sustento y podían permanecer allí, protegidos por el afecto de aquella extraña anciana.

Y un día, cuando la nieve se iba convirtiendo en arroyos, buscando enriquecer la tierra aterida,

Koonek vio avanzar al primero de su tribu hacia el claro de los arbustos donde habían levantado durante años la toldería.

Una vez que todos se reunieron, no pudieron dejar de pensar que, efectivamente, Koonek debía de ser una hechicera: creyeron encontrarla muerta, y ella estaba viva; pensaban encontrarla maltratada por el hambre, y ella parecía más joven que nunca... sin mencionar la cantidad de pájaros que la rodeaban, y que desde entonces permanecieron con la tribu.

Pero la mayor maravilla eran aquellos arbustos espinosos cargados de sus bonitos frutos morados.

Con el tiempo pasaron de llamarlos «la fruta de Koonek» a ser simplemente «Koonek», un arbusto espinoso que tenía la altura de un hombre a caballo. Con el ingenio de la necesidad, obtuvieron de su fruto una bebida fermentada semejante a la chicha, además de un dulce muy apreciado. Hasta sus raíces les brindaron algo: de ellas aprendieron a extraer tinturas para teñir sus tejidos.

Mucho después pasó a llamarse «calafate», y se lo encontraba por la región cordillerana desde Catamarca hasta Tierra del Fuego. Dice la tradición que el que prueba su fruta no se va más de la Patagonia, y si por casualidad debe hacerlo, con el tiempo regresará.

El Señor de Renca

En los tiempos en que aún gobernaban los Virreyes vivía en Renca, en la provincia de San Luis de la Punta, un ciego, persona muy pobre pero a la que le repugnaba mendigar. Su ceguera provenía de la peste y él era tan buena persona que hasta los bandoleros lo respetaban, dejándolo pasar en paz.

El desgraciado se ganaba la vida tocando un violín que se había fabricado con madera de cardón, y la gente lo llamaba para casamientos, cumpleaños, fiestas y serenatas, aunque también cantaba Responso de Ánimas y otras honras póstumas.

La gente lo ayudaba porque, como se decía: «La mano del pordiosero trae la gracia de Dios».

Así iba este hombre ganándose la vida como podía, apreciado por todos, cuando tocó un año de sequía y mortandad. Llegó el invierno sin que el verano hubiera alcanzado a reponer los recursos, se apestaron las ovejas y murieron muchos animales.

Con estas desgracias, la gente se dejó de fiestas y el pobre ciego no tenía trabajo, pero lejos de mendigar se metió a hachero, y cada tarde regresaba del monte con un atado de leña a la espalda que, solía decir, no le pesaba tanto como a Jesús la Cruz.

Pero el monte es peligroso para un ciego: no hay veredas ni voces ni ruidos cotidianos para guiarse, así que contrató al hijo de una viuda todavía más pobre que él, a cambio de entregarle una moneda por mes y enseñarle, además, el catecismo.

El chico no sólo lo guiaba, sino que además le indicaba dónde pegar el primer tajo, y después el ciego, con enorme habilidad, continuaba sin errar un solo golpe.

Pero los árboles del monte se iban acabando y cada vez tenían que ir más y más lejos a conseguir la leña, y el pobre comprendió que en poco tiempo tendría que dejar aquel poblado donde todos le tenían confianza para irse a algún lugar lejano y desconocido.

Un día, en mitad de la tarde, se dio cuenta de que se les habían terminado los árboles, aunque quedaba un espinillo sobresaliendo entre las matas. El hombre despejó el terreno y hachó y hachó hasta que se le durmieron los brazos y la espalda y al fin, sintiendo en la frente el sol que descendía, el ciego, desesperado, hizo a Dios una promesa: daría cinco golpes más, uno por cada una de las llagas de Jesús. De no llegar al corazón del árbol se retiraría, comprendiendo que la Providencia, por algún raro motivo, no deseaba que él lo volteara.

Iba por el cuarto golpe y sentía que el tronco se volvía más y más duro; al asestar el quinto, el tronco se rajó imprevistamente y saltó un chorro de «sangre» que le salpicó los ojos. Una especie de quemazón le abrasó las pupilas, produciéndole una luz muy blanca... e inmediatamente el infeliz se encontró mirando el cielo, el sol, el ocaso, al niño que lo acompañaba, que se había ovillado en el suelo de miedo y lloraba silenciosamente.

Se volvió el hombre a mirar el árbol al que debía la vista y descubrió, asombrado, que dentro de la madera se veía la forma inconfundible de un Cristo con corona de espinas, rostro doliente y lanzazo al costado; no lo habían formado los golpes del hacha, sino que, por algún capricho de Dios o de la Naturaleza, era parte de las entrañas mismas del árbol.

Locos de alegría, el hachero y el niño llegaron corriendo al pueblo, donde contaron a todos el milagro.

La gente los siguió al monte con candelas, porque ya había bajado el sol y todos pudieron contemplar aquella escultura misteriosa que el párroco hizo transportar hasta la capilla de Renca, donde desde entonces se lo venera por milagroso. Con el tiempo llegaron feligreses de muy distantes lugares a hacer promesas al que llamaban «El Señor de Renca».

El tres de mayo se celebra su día y se encienden para honrarlo una multitud de fuegos: los pobres llevan el candil de penca, y los ricos grandes cirios perfumados, ya hechos bendecir.

Del ciego sólo se sabe que recuperó la vista, y es de imaginar que aquello fue para su bien, ya que ni la adversidad lo había hecho desviarse de ser una persona digna.

Chrenchren y Caicaivilu

Contaban los ancianos de las tribus australes que mucho antes de que los españoles llegaran a América, una joven araucana de gran belleza fue a recoger cangrejos al río sin saber que allí se escondía un monstruo con patas de guanaco, cola de pez, pelo de erizo y cuernos afilados.

No bien llegar la joven, este ser deforme saltó sobre ella, pero la indiecita, que llevaba un palo en la mano, le asestó tal golpe que el raptor cayó al suelo gimiendo y llamando a su madre, una culebra marina muy perversa y de impresionante fealdad.

Esta víbora gigantesca se llamaba Caicaivilu y su reino eran las profundidades del océano, de donde salió acudiendo de inmediato al socorro de su hijo.

La joven, al verla, trató de escapar, pero la serpiente la detuvo enroscándole la cola en las piernas y así la arrastró hasta los acantilados, donde la ató a una piedra y la obligó a tener relaciones carnales con su hijo.

Un tiempo después la indiecita dio a luz una hijita preciosa, y Caicai se propuso entregarla al demonio llamado Pillañ. Al enterarse, la joven lloró tan desesperadamente que sus lamentos despertaron a otra serpiente: se llamaba Chrenchren y vivía dentro de las montañas, porque era una serpiente dragón. Chrenchren tenía buenos sentimientos hacia los humanos, así que salió de su cueva y recorrió la costa del mar hasta dar con la desgraciada prisionera, quien le contó su historia. Chrenchren, compadecida, la libró de las ataduras, hizo que la joven y la pequeña montaran sobre su lomo y las transportó muy arriba de los Andes, donde vivía.

Pero Caicaivilu, que no dormía, salió intempestivamente del mar, y viendo que su prisionera escapaba trató de detener a Chrenchren, quien dando un salto prodigioso regresó a la cordillera sin que la culebra marina pudiera tocarla.

Caicai, furiosa, silbó llamando a Pillañ, quien con un trueno terrible convocó a los malos espíritus que le servían. Entre todos ellos decidieron que la mejor forma de acabar con Chrenchren era ahogándola junto a sus protegidas en la cueva que les servía de refugio.

Pillañ ordenó entonces a cada uno de los Espíritus del Aire que trajera una nube y la obligara a llover sobre la tierra; al mismo tiempo, Caicai azotaría el océano de tal modo que el agua inundaría los valles de la Patagonia y ella podría nadar hasta donde estaba su rival.

Viendo que no cesaba de llover y el agua subía peligrosamente, los hombres y los animales huyeron hacia lo alto de la cordillera, pero los hombres que eran tocados por la baba de Caicaivilu se convertían en peces, y los animales en piedra.

Unos pocos consiguieron llegar hasta la caverna de Chrenchren y se salvaron, pero viendo ésta que el agua tocaba el umbral de entrada se enroscó sobre sí misma, y arqueando el lomo lo apoyó sobre el cielorraso de la cueva y empujó con fuerza hacia arriba, consiguiendo elevar la montaña junto con la boca de la gruta.

Al ver la culebra marina cómo la serpiente dragón había salvado hombres y animales —además de conservar a la joven y su hijita— se sintió tan iracunda que hizo subir más y más la marea, pero ni aún así logró inundar la caverna, porque Chrenchren volvió a elevar la cordillera.

Por muchos días y sin que dejara de llover lucharon las dos serpientes, una levantando olas altísimas, la otra elevando los Andes. Por fin Caicai perdió la paciencia y se arriesgó a subir hasta la guarida de Chrenchren, pensando ahogarla entre sus poderosos anillos. La serpiente dragón la vio y con un formidable coletazo desprendió tierra, nieve, árboles y rocas, que al rodar arrastraron a la malvada hasta el fondo de un lago tan hondo que al caer Caicaivilu se alzaron olas altísimas que golpearon las nubes, aturdiendo a los espíritus del aire y haciéndolos volar hacia los cuatro vientos.

Desaparecidos ellos dejó de llover, las nubes se retiraron y el agua comenzó a descender hacia el mar. Días después, los primeros hombres que salieron de la cueva de Chrenchren encontraron el cuerpo destrozado del monstruoso hijo de Caicai, por cuya lujuria había comenzado aquel combate que casi termina con los hombres y animales que vivían en la tierra.

En el fondo del lago es posible ver —en días de sol y sin viento— los peñascos que acabaron con Caicaivilu, la serpiente del mar, enemiga desde el principio de los tiempos del género humano.

La Señora de Ansenuza

En una época muy anterior a la conquista española vivía en una extensa laguna de aguas dulces y transparentes una diosa bellísima e incapaz de sentir piedad. La llamaban «Señora de Ansenuza», porque ese era el nombre de su reino.

Era una diosa muy joven —tenía la edad que le concedió el primer hombre que la imaginó—, y la habían malcriado los Dueños de la Tierra, del Aire, del Agua y del Fuego.

Su mayor placer consistía en deslizarse por las aguas azules de sus dominios, dejando que sus cabellos tomaran la forma de plantas acuáticas que fosforecían en la oscuridad.

Los Espíritus de la Creación, que velaban por el cumplimiento de promesas entre dioses y mortales, le reprochaban su insensibilidad, instándola a ser misericordiosa; ella, impaciente, respondía que algún día dispensaría sus dones. Y luego, para distraerlos, se transmutaba en gota, en nube, en lluvia, en nutria, en planta, en pez, en mica, en arena... y terminaban dejándola en paz por un tiempo. Entonces, dejándose llevar por el agua y arrullada por la brisa, se burlaba de ellos: ¡Oh, los pequeños grandes Señores de la Naturaleza, con tanto trabajo sobre sus hombros, cuidando de mantener el equilibrio del Universo! Teniendo que escuchar las exigencias de esos seres de vida tan corta, seres indefensos que no podían siquiera elevarse del suelo, respirar bajo el agua, cambiar su materia: los llorones y pedigüeños seres humanos. No obstante, comprendía que si quería seguir existiendo como deidad, algún día tendría que asumir la tarea de hacer algo por ellos. No ahora, quizás dentro de un tiempo infinitamente remoto, algún día, sí... ya vería cuándo.

Una mañana despertó de su letargo y escuchó algo que la perturbó. Lo que oía no eran los murmullos tranquilizadores de su reino: era un sonido que la traspasaba desagradablemente. Miró sobre el espejo de agua y vio a un guerrero, del pueblo de los sanavirones, desangrándose por muchas heridas de lanza y flecha: había luchado con sus enemigos, al parecer, hasta que lo vencieron porque lo sobrepasaban en número,y se había arrastrado después, sediento, usando de sus últimas fuerzas.

Irritada, la diosa del agua, se empinó sobre la superficie y le hizo saber:

—Soy una diosa y mi comarca es Ansenuza. Vete de aquí; no enturbies mi agua, no manches mi ribera, no agites el aire con esos ruidos horribles.

Y al ver que el ser llamado hombre levantaba la cabeza, exclamó: «¡Vete!», pero ya la hermosura y la fortaleza del que yacía moribundo, habían despertado en ella un asomo de piedad que restó autoridad a su tono.

El guerrero miró hacia la laguna; y aunque generalmente los hombres no podían ver a los dioses, se les concedía ese privilegio cuando estaban a las puertas de la muerte.

—Señora —dijo—; Todos mis compañeros han muerto a manos de nuestros adversarios, pero los Grandes Espíritus se han olvidado de mí...

Y clavando con enojo la mirada en ella, le recriminó :

—¿Qué puedo hacer? ¡Bien me gustaría estar muerto con mis amigos, o sano para regresar a mi aldea y contar a las mujeres y a los ancianos lo que ha sucedido! Pero por un descuido de ustedes, los Dioses, estoy aquí muriéndome de a poco.

Dejó caer la frente sobre la arena y dijo con fastidio:

—Si la vista de mi sangre le incomoda, haga que deje de manar. Yo no puedo hacerlo; soy sólo un hombre que tiene que soportar los caprichos de los Seres Superiores.

Indignada, ella se levantó sobre el agua, y cuando ambos se miraron a los ojos, algo sucedió que desconcertó a la Señora de Ansenuza, porque nunca antes se había sentido conmovida.

—¿Eres un dios? —preguntó asustada, porque lo vio radiante como el sol del levante, armonioso como el cauteloso jaguar, poderoso como el viento del sur que arrasa con todo lo que vive sobre la tierra.

—¿Estaría indefenso si así fuera? —replicó él, y al notar la turbación de tan poderosa soberana le sonrió con sus últimas fuerzas.

Y esa sonrisa hizo que ella escuchara a todos los pájaros cantando a un tiempo, que transformara el aire en llovizna, que sintiera como si las flores cubrieran de pétalos el agua y la luna y el sol se levantaran juntos, confundiéndola.

Él debió encontrarla tan inquietante como la luna cuando, en alguna de sus fases, enloquece a los hombres llevándolos a perderse en la floresta buscando seres sobrenaturales a los que amar.

Ambos se contemplaron a través del espacio —ese pequeño espacio entre la playa y el agua, ese inconmensurable que iba de la condición inmortal de ella a la condición efímera de él— asombrados ante la visión del otro y también temerosos, porque lo que sentían transgredía las leyes de los mundos a los que pertenecían.

Con los ojos cerrados por la debilidad, él le reconoció:

—No te vayas. ¡Qué misteriosa y seductora eres ! Despieras en mí turbios recuerdos, de aquellos que nos impulsan a perdernos entre las sombras buscando seres como tú. ¡Bendigo a la Muerte, pues ha hecho posible conocerte antes de entregar la vida...!

—¡No te dejes morir! —clamó ella, traspasada por un profundo dolor, sumida en un desconsuelo desconocido. Y llorando por primera vez en el milenio que llevaba de existencia, volvió a rogar:

—Ven conmigo, yo no puedo ir por ti, no me está permitido abandonar la laguna.

—No puedo moverme; he perdido las fuerzas...

—Ven, ven, ven, ven —repitió ella aturdida ante el dolor que sentía, pues los dioses no conocen el dolor, sólo saben de la alegría o de la furia. Y el guerrero, seducido por su belleza, conmovido por sus lágrimas, se arrastró hasta que las manos de ambos se unieron apretadamente. Así, la Señora de Ansenuza lo atrajo hasta la laguna, sosteniéndolo en brazos y clamando a los Dioses Superiores que acudieran en su socorro. Pero como tantas veces ella, los Espíritus se mostraron sordos y ciegos a su aflicción.

Después de la batalla donde los sanavirones habían sido vencidos, los Señores de la Naturaleza notaron que les faltaba un alma. Y al regresar al campo de batalla comprobaron que también les faltaba un cuerpo.

El Señor del Aliento de Fuego, que era quien encendía la guerra en el corazón de los hombres, gritó reclamando su presa.

—Por la Mano del Agua no pasó —aclaró el Señor de los Ríos, mientras el Dueño de la Tierra reconocía que lo había sentido arrastrarse sobre su piel.

El Fuego rugió que se lo devolvieran, soplando tan fuerte que quemó todo a su alrededor.

—Tú —se volvió hacia el Señor del Aire— que eres el más rápido, ¿puedes ver donde está?

—En la Laguna de Ansenuza —respondió el otro con renuencia.

—¡Pues ese guerrero me pertenece! —bramó el Fuego, y el Aire se volvió color de incendio.

—Eso, mientras la Señora de Ansenuza no lo reclame para ella —aclaró el Agua. Si tenía que apoyar a alguien, sería a su joven y muy querida sobrina.

Y así fue que los cuatro marcharon hacia Ansenuza, y llegados allí el Señor del Fuego exigió que se le devolviera el hombre herido.

Como la joven estaba decidida a conservarlo, él produjo un gran calor que formó nubes enormes cargadas de granizo, y como el Aire y el Agua estaban de parte de ella, debió conformarse con soltar relámpagos y truenos que ensordecían al que los escuchaba. Mientras tanto, la Señora de Ansenuza lloraba y lloraba sin soltar al joven; sus lágrimas inundaron el reino, y los otros dioses se sintieron irritados con el Fuego y apenados por ella.

El Señor de la Tierra la aconsejó entonces:

—Invoca que este hombre tiene una deuda contigo y que no lo dejarás ir sin que la pague.

—En realidad, puedes conservarlo —susurró el Agua—, pero debes saber que tu protegido no podrá seguir siendo humano, ya que lo que el Fuego reclama es un hombre.

—¿Qué importa su esencia, si tanto él como yo sólo queremos estar juntos? Lo convertiré en agua y nos fundiremos en un solo ser...

—¡No! —se sobresaltó el Agua—. No debe ser Agua, ni Tierra, ni Aire ni Fuego. Tendrá que ser planta o animal.

—Sea —sollozó la diosa con mortificación—. Será un bonito animal que vivirá por siempre en Ansenuza. Pero quiero que tenga más libertad que las corzuelas, que no pueden abandonar la tierra, o que los peces, que no pueden subsistir fuera del agua.

—Dale alas, entonces —cuchicheó el Aire—, y un bonito color que agrade al Fuego... el color del amanecer.

—Y tendrá que ser algo que no exista, para que nadie te lo demande— le aconsejó la Tierra.

Entonces la Señora de Ansenuza se sonrió y hasta el Fuego pareció serenarse.

—Señor— lo llamó con su tono más suave—, tengo algo que proponerte...

Cuando el joven guerrero despertó del sopor de la muerte sintió cómo el agua lo acunaba suavemente, el aire lo ayudaba a respirar y el calor del sol renovaba su sangre. Un impulso irresistible lo llevó a elevarse en el aire de oro de la mañana, y extendiendo las alas —que ignoraba poseer— se sostuvo sin esfuerzo sobre el viento.

La voz de su amada le hizo comprender muchas cosas, y entre ellas que ya nunca más sufriría el dolor de ser hombre, que más que el de los sentidos es el del pensamiento: se había convertido en un ave de largas y estilizadas patas, con un pico adecuado para alimentarse de lo que la laguna le brindara. Ignoraba que su nombre era «flamenco», que el color de su hermoso plumaje era de un rosado que recordaba al amanecer y que desde entonces, y por siglos, viviría en Ansenuza.

Como su soberana había llorado días y días luchando por la vida del amado y oponiéndose al Señor del Fuego —comprendiendo al fin lo que debían sentir los hombres ante su indiferencia— terminó resultando que tantas lágrimas derramadas llegaron a convertir la arena en salitre. Por esto las aguas se volvieron turbias, perdiendo en transparencia pero volviéndose balsámicas para algunas enfermedades de los seres humanos: esta vez la Señora de Ansenuza no había olvidado sus promesas y por siglos, los indígenas de las tribus cercanas fueron a la laguna esperando conseguir de ella alivio a sus males.

El Shumpall y la muchacha encantada

Había «en los tiempos de antes», como dicen los mapuches, una joven muy bonita y graciosa que iba todos los días a un pequeño lago al que llamaban «Lago Dormido» por la quietud de sus aguas. Esta jovencita tenía la ingenua vanidad de contemplarse en ellas, y tomando luego un peine de plata se quedaba largo tiempo peinándose la cabellera lacia y azulada. Luego se dedicaba a juntar cangrejos y piñones para alimentar a sus ancianos padres, de quienes era hija única.

Su nombre era Almita, y alguna cualidad oculta y mágica debía de tener porque sólo ella podía trasponer el extenso Menuko —un estero cenagoso que tragaba personas y animales— que rodeaba al lago. La gente de su tribu y de las vecinas la creía «iniciada», y se la respetaba por eso. Era parte de su encanto el estar siempre alegre, el cantar con voz muy clara y el amar mucho a sus padres, que la habían concebido en la ancianidad. Ellos tres habitaban una choza —ruka— separada de la aldea, lo que contribuía a señalarlos como diferentes de los demás.

Un día, mientras ella se peinaba sentada en una roca, contemplándose en el lago, vio con sobresalto surgir de las profundidades azules el rostro de un hombre. Al emerger y pisar la orilla pudo apreciar que era apuesto, de hermosas facciones y con modales de rey. De cabellos negrísimos pero piel pálida, tenía los ojos del color del pedernal. Su vestimenta era extraña, aunque de enorme lujo.

Parado frente a ella, se hizo evidente que había salido de su misteriosa morada seducido por el encanto del rostro de Almita, entrevisto desde la hondura del estanque.

—Sé que te llamas Alma —le dijo sentándose a los pies de ella—, porque todo lo que te concierne me es conocido. Tus canciones me acompañan cuando siento el corazón a oscuras...

En tanto la joven, que iba perdiendo el miedo, no podía apartar los ojos de la sombría belleza de su mirada. Seductoramente él le rogó que lo peinara, dejando descansar la cabeza sobre el regazo de ella y Almita, sin fuerzas para rechazarlo, peinó con cuidado sus cabellos manchados de arena y enredados con algas.

Luego, poniéndose de pie, aquel príncipe de las profundidades la tomó de las manos, e inclinándose hacia ella le susurró al oído:

—Guíame hasta tus padres.

La joven asintió, perdida la voluntad, y lo llevó hasta la ruka.

Los ancianos, alarmados al ver llegar a la joven en compañía de tan extraño personaje, se apresuraron a salir; él levantó la mano en el gesto universal de buena voluntad y se inclinó cortesmente. En un idioma un tanto extraño pero que ellos comprendieron, solicitó la posesión de la muchacha.

—A pesar de que soy rey, padezco de soledad —les confió—. Os pido vuestra hija, por el amor que le tengo, para que sea mi reina...

La madre de Almita se cubrió el rostro con las manos y su padre palideció, pues ambos comprendieron que se hallaban ante el Shumpall, un genio que salía de las aguas para reclamar a las muchachas más bellas, pudiendo adoptar forma humana, aunque en realidad era mitad hombre y mitad pez.

Azorados, no tuvieron más remedio que entregársela, con gran alegría de la joven, que se había enamorado de aquel ser legendario. Se sabía que tal Espíritu era generoso y digno de confianza: se casaba con las jovencitas que le agradaban y las convertía en Señoras del Agua, concediéndoles poderes sobre su reino, además de la inmortalidad.

Muchas familias mapuches le debían el sustento, pues recibían de este yerno tan extraño cuantas cosas comestibles produjeran ríos, lagos y mares.

Almita, mientras tanto, seducida por la belleza irresistible de aquel hombre —el más hermoso que viera nunca— no podía apartar la vista de él mientras los padres observaban con asombro el traje que lo cubría, fabricado de telas finísimas y de encajes de randa tan delicados que resultaban trans-parentes.

Tristes, los solitarios ancianos vieron cómo ambos caminaban sobre el estero sin hundirse y desaparecían en las honduras del lago.

No faltó el hermoso Shumpall a la costumbre, dejando siempre cerca de la vivienda de los desposeídos padres tal cantidad de comida que superaba a la que Almita solía llevarles. Ellos, no obstante, sentían dolorosamente su ausencia, y no había hora en que no lloraran por esto: al levantarse y ver las frescas hojas donde descansaba la comida del día, perdían el hambre pensando que les era concedida a cambio del alejamiento de la hija.

Como al año de haber desaparecido, quizás debido al llanto de sus padres, Almita se les presentó ataviada tan espléndidamente como su esposo. Poniéndose el dedo sobre la boca en señal de advertencia, les dijo:

—No deben preguntarme nada, porque me está prohibido contar los secretos de mi rey. Sólo quiero que sepan que soy feliz y que vivo en un palacio lleno de riquezas. Mi Señor tiene otras mujeres, pero a mí es a quien más ama y distingue con su preferencia.

Y como viera a los ancianos sollozar, los consoló, aunque sin tocarlos.

— No lloréis, que en verdad soy muy feliz —les aseguró, y no había más que ver sus ojos vivísimos, sus labios coloreados, para saber que en verdad lo era.

—Padre, madre, yo también los extraño, así que les prometo venir a verlos una vez al año. Y ahora —dijo recogiéndose las vestiduras— debo irme...

Desconsolados al ver que nuevamente la perderían, el padre y la madre la aferraron con fuerza de los brazos mientras le rogaban a los gritos que no los abandonara, recordándole que era su única hija, que ellos ya estaban muy ancianos, que se sentían infelices desde que ella, con su ausencia, se llevara la risa y la alegría.

La muchacha, sabiendo quizás algo que ignoraban los viejos, trató de librarse de sus manos, pero fue inútil. De pronto se oyó un sonido terrible estallando sobre ellos: la tierra tembló y un ente sobrenatural se presentó dentro de la ruka y se apoderó de la joven.

Mientras el genio hacía oír sus truenos, Almita alcanzó a quitarse el velo que la cubría para extenderlo sobre los viejos: era delicado como la nieve, y no bien tocó sus caras la ruka comenzó a hundirse lentamente con ellos adentro. El genio, en tanto, desapareció con la joven.

La tierra seguía temblando y el Menuko, el estero cenagoso, comenzó a tragarse el terreno donde se asentaba la vivienda para después sumirse dentro del lago, que se fue extendiendo más y más...

Dicen los mapuches que la ruka de los ancianos aún está en el fondo del Lago Lolog, cerca del Lácar; dicen que ambos vivirán eternamente pues el velo de la muchacha los ha cubierto, protegiéndolos de la muerte y de los maleficios. No se los distingue con claridad, pero si se los vislumbra es señal de que se producirá alguna desgracia: sobrevendrá un temblor de tierra, habrá desprendimientos, rebalsará el lago, alguien morirá ahogado...

Alma, la amada del Shumpall, es muy querida por los araucanos, que prefieren no pronunciar su nombre para no molestarla ni enojar a su poderoso rey.

El Cazador y el Viento

En tiempos remotos, en el Valle de Jáchal —en lo que después se llamó la provincia de San Juan—, vivía un guerrero que se dedicaba obsesiva y sangrientamente a la caza.

El daño que producía con su conducta en el entorno de su tribu y de otras vecinas, llevó a los pobladores a tener que buscar cada vez más lejos el sustento. Temiendo verse en la necesidad de emigrar, decidieron plantear al cazador la dificultad en la que, con su comportamiento, estaba colocando a toda la región.

Huampi los escuchó sin decir palabra; se desentendió del reclamo apartándose de su pueblo y volviéndose más huraño y más sanguinario. Resentido con todos, se dedicó a matar también las crías, que sólo eran sacrificadas en épocas de grandes hambrunas.

Un día, habiendo subido muy alto en la Cordillera, se tendió a descansar en una roca que sobresalía hacia el vacío. Mientras contemplaba el valle del río Jáchal, allá, muy abajo, se materializó ante sus ojos una joven bellísima, con vestidos que parecían hechos de niebla y nubes. Alrededor de ella revoloteaban infinidad de pájaros, y sobre sus brazos y hombros, cientos de especies superponían sus alas. La voz de tal aparición —aunque firme— era melodiosa.

—Soy la enviada de Llastay, el Dueño de las Aves —se presentó—. Bien sabes que está dentro del orden de las cosas que animales y hombres maten para vivir, pero toda la Naturaleza se resiente cuando se lo hace sin necesidad. Si continúas cazando de esta manera, los pobladores del valle tendrán que marcharse a buscar la comida en otras tierras. Yo he sido enviada por mi Señor y la Madre Tierra en señal de advertencia; en caso de que no te corrijas, ellos en persona vendrá a verte...

Huampi, soberbio, no se tomó el trabajo de ponerse de pie; se echó hacia atrás, y mirándola con desdén contestó:

—Has dado con alguien que no le teme a nada ni a nadie, sean diosas del aire... o la misma Madre Tierra.

—Te lo advierto por segunda vez —lo amonestó la joven—; recuerda que vives sobre el suelo, caminas sobre él, te alimentas y vistes de él, pero no eres su dueño. Eres un visitante de existencia harto corta. Pasarás por estos valles en el tiempo de un soplo.

Después de aquellas palabras, la joven se desvaneció ante los ojos de Huampi, que sintió cómo la inquietud le nublaba el alma. Pero no siendo hombre de dejarse asustar, y menos por jovencitas rodeadas de pájaros, continuó cazando —ya en rebeldía—, con más saña.

Pasaron las estaciones y cada día había menos y menos animales. Ya ni se oían las aves anunciando la llegada y la partida del día.

Un atardecer en que Huampi acechaba las alturas donde solían merodear los guanacos, se elevó ante él una sombra que tapó el sol. Alzó la vista, y helada la sangre, se encontró mirando una mujer muy alta, robusta y con brazos formidables; vestía con sencillez, se la veía malhumorada y su ceño semejaba un horizonte en tempestad. Dejaba pesar el cuerpo sobre un cayado y después de mirarlo fieramente, habló con voz ronca y sonora.

—¿Quieres que todos los habitantes de las cercanías se queden sin carne para comer, sin pieles para abrigarse en el invierno? —lo increpó—. La mitad de la población del valle pasará hambre y morirá de frío si persistes en tus sanguinarios entretenimientos.

Y señalándolo con el palo, agregó con énfasis:

—Esta es la tercera advertencia y es también la última. Si tú no te detienes, Llastay y yo sabremos cómo hacerlo.

Y erguida, el rostro oscuro de cólera, pasó a su lado y desapareció a través de las piedras que surgían de la montaña, arrastrando, como si fuera la estela de una nube, un viento que aplastaba los matorrales por donde pisaba.

Huampi se estremeció: no era lo mismo ser reprendido por una jovencita vestida de gasas que ser amenazado por una mujer con la altura y el porte de un guerrero.

Pero no estaba en él ceder ni demostrar obediencia a mujer alguna, así que pronto recrudeció en su ánimo la enfermiza pasión por matar.

Las tribus que vivían en el centro del valle comenzaron a abandonarlo, y cada mañana el despoblado se acercaba más a los lindes del asentamiento calchaquí.

Una tarde Huampi regresaba de los altos desfiladeros de los Andes, pintado el rostro y el cuerpo con la sangre de los animales sacrificados que cargaba sobre los hombros; al comenzar el descenso de la cuesta sintió que alguien le fustigaba la cara con una mano enorme y pesada. Tambaleándose, esperó; y no viendo a nadie se dijo: «Ha sido un golpe de viento». Intentó continuar el descenso, pero a cada paso recibía un nuevo revés, una zamarreada, un doblarse los arbustos cuando pretendía sostenerse de ellos, un rodar de piedras desprendidas hacia el fondo de la quebrada, además de un confuso rumor de alas y pezuñas que lo iba rodeando.

Varias veces perdió pie; asustado, fue abandonando tras de sí los animales que comenzaban a pesarle desmedidamente. Para empeorar las cosas el viento se volvió sofocante, con densidad de polvo que opacaba los ojos y volvía traicionera la senda.

Para cuando Huampi pretendió correr hacia el caserío abandonado, el viento rugía sobre él como si un ente divino intentara barrer con cuanto hubiese sobre la tierra; ahora, muy cerca, oía apagadamente el aletear de miles de pasos, el correr de todos los animales que había exterminado. Espantado por aquello que comprendió sobrenatural, Huampi apoyó el pie en una saliente creyendo haber llegado al llano... pero la roca cedió, y con un grito pavoroso el cazador se precipitó en aquel abismo que no acababa nunca y rodó y rodó, golpeando el cuerpo contra las afiladas salientes de piedra. El aire ocre no permitió ver el final de la caída pero el vendaval, con su aullido, llevó hasta los confines de la región el alarido desesperado del cazador.

A partir de entonces, los indígenas decían que en la caída por donde se despeñó Huampi nacía el Zonda que azota las tierras de Cuyo. Decían también que aquel viento —que había llegado para quedarse— se levantaba cuando los animales del valle o la montaña se veían acosados: él los escondía en su polvo impenetrable, haciendo que se los perdiera de vista; él apagaba el ruido de fuga, borrando la huella por donde habían escapado.

Al lugar lo llamaron la «Cuesta del Viento» y pocos recuerdan que allá, en el fondo del barranco, yace hecho piedra o polvo, o devorado por los espíritus de los animales que él inmolara, Huampi, el Cazador.

Cosakait y Nayec

En algún lugar del Gran Chaco vivían varios pueblos de la familia de los Guaycurúes. Esta historia se refiere a uno de ellos, que desde que los abuelos tenían noticias de sus abuelos, se reunían una vez al año en noches de luna llena a bailar una danza que llamaban Nareg. Se bailaba alrededor de las fogatas que el hechicero ali-mentaba con yerbas benditas. De aquel acontecimiento surgirían muchas parejas que perpetuarían la tribu.

Las mujeres bailaban en el círculo central, semidesnudas y provocativas; las largas cabelleras azotándoles las nalgas, adornadas las cabezas con flores y cantando alguna viejísima invocación en tono monocorde.

Alrededor de ellas danzaban los hombres llevando el ritmo con las maracas, acentuando las notas con el chasquear de los sonajeros de pezuñitas, elevando la dulzura del canto con las flautillas. Los guerreros de la tribu, con un cerco de lanzas, protegían el claro donde se desarrollaba la ceremonia milenaria.

Más allá del engañoso juego de las llamas, se extendía la selva oscura, densa, olorosa, increíble... De ella llegaba una respiración inmensa.

Entre los jóvenes que esperaban encontrar compañera en aquel ritual, había uno que marcaba el ritmo cada vez más afiebradamente; se llamaba Cosakait y se había enamorado súbitamente de una jovencita —Nayec— que en medio del círculo danzaba transportada en el sortilegio de la noche.

Cosakait intentó varias veces hablar con Nayec, pero ella sólo tenía los sentidos puestos en aquel danzar embrujado, en aquel cielo hipnótico iluminado por la claridad lunar.

Pasaron varios días de la fiesta del Nareg y el muchacho no había conseguido siquiera que ella lo mirara. Sus parientes y amigos, observando el dolor de él, la indiferencia de ella, trataron de disuadirlo, aconsejándole que se buscara otra muchacha.

—¿No te das cuenta —le decía la madre— de que esa chica está hechizada?

—¿No ves —insistía el hermano— que no tiene corazón, que jamás podrá amar a alguien?

—¿Comprendes —le advertían sus amigos— que serás desgraciado junto a ella porque sus sentimientos han sido robado por las estrellas?

Pero Cosakait sólo veía a una jovencita hermosa, algo extraña, sensual aunque pura, y soñaba con conseguir el amor de una doncella tan difícil de atraer.

Nayec, entre tanto, había comenzado a vagar en la noche, desapareciendo durante días. A veces se la encontraba inmóvil ante el inmenso río que reflejaba los puntos ilusorios que se multiplicaban en el cielo.

La más anciana de las mujeres de la tribu se cruzó un día con Cosakait y lo previno:

—No conseguirás nada de ella; ha quedado «atada» durante el plenilunio. Se volverá más y más extraviada, no tendrá voz para hablar con los humanos, pero la verás conversar con los animales, las plantas y las estrellas. Oirá el quejido de un pájaro pero no el lamento de los suyos. Mejor olvídala, o te arrastrará a su hechizo.

Con el paso de los días se fue cumpliendo el presagio de la anciana: Cosakait se llenó de melancolía y cayó enfermo. Su familia consultó al hechicero, a las mujeres sabias del pueblo y todos dijeron lo mismo: no había hierba ni ritual que pudiera salvarlo, porque el mal que padecía era el del amor no correspondido.

En pocas semanas su estado empeoró, y días había en que el joven ardía en fiebre; otros en que se ahogaba con desgarrantes ataques de tos. Sus amigos no podían creer que aquel muchacho hermoso, uno de los mejores cazadores, siempre dispuesto a tocar el naseré en las fiestas de plenilunio, fuera este despojo humano que se consumía sobre la hierba.

Un día, Cosakait llamó al más querido de sus hermanos.

—Busca a Nayec —le rogó—; dile que venga a despedir mi espíritu. Dile que aunque ya no espero que me ame, querría ser todo lo que ella desee o necesite: el remedio para todos sus males, el motivo de todas sus alegrías...

Calló ahogado en tos y el hermano, desesperado, fue en busca de la muchacha. La halló perdida en alguna alucinación, llorando porque era noche nublada y no podía ver los astros en el pozo sin fondo del firmamento.

Comprendiendo que no conseguiría nada de ella, el jovencito corrió a buscar a la madre de Nayec, que siempre había sentido afecto por Cosakait, y le pidió que fuera a consolar al moribundo.

Éste se dejó apretar la mano por la mujer y empleó el último aliento para murmurarle:

—Dile a tu hija que siempre estaré cerca de ella, que verteré fragancias en las aguas que laven sus ojos y sus cabellos, seré brasa que la abrigue en el invierno y encontraré, dile que lo he jurado, la manera de llevar alivio a su nostalgia de estrellas. Ésa es mi promesa de amor...

La mujer se cubrió la cabeza con las manos y corrió entre las chozas maldiciendo a su hija, a la luna y a las deidades de la noche que la habían trastornado de tal forma que podía caer el peor de los males sobre su pueblo y ella no se daría cuenta.

Cosakait no murió de inmediato: continuó consumiéndose en una atroz agonía, la vida escapándosele en cada golpe de tos, en cada vómito de sangre. Ya no podía beber ni alimentarse, hablar ni escuchar, perdida la razón entre los laberintos de la fiebre. Intentando, aún así, pronunciar el nombre de la amada.

Tanto era su sufrimiento que Yago, el Espíritu de la Selva, se compadeció de él y entró sin ser visto en la choza. Lo tocó con la punta de los dedos y lo volvió tan pequeño que pudo alzarlo en el hueco de su mano. Luego exhaló sobre él el soplo que da vida y Cosakait se transformó en una mariposa de muchos colores que revoloteó, atontada y ciega, hacia el sol, dando piruetas antes de posarse en la hojarasca.

El hermano del joven, que no había visto a Yago pero había comprendido el misterio, supo que aquél era Cosakait, y arrodillado gritó llamando a los otros jóvenes de la tribu, que vinieron a observar, atónitos, aquel ser alado que se hundía más y más, hasta desaparecer, en la tierra.

Nayec, que deambulaba por la selva desmenuzando flores y balbucendo extrañas canciones, no pareció comprender la congoja de la tribu, como tampoco entendió la transformación de Cosakait cuando sus amigas se la contaron.

A los pocos días el hermano del joven, que vigilaba el lugar donde la mariposa se había hundido, vio crecer una planta desconocida y llevó la noticia a la aldea. Se protegió cuidadosamente la ramita, que muy pronto se convirtió en un árbol corpulento y majestuoso.

Con el tiempo comprobaron que su madera era durísima, que su resina era perfumada, que sus flores nacían anaranjadas y se volvían amarillas... Todos lo llamaban Cosakait, como si el joven estuviera entre ellos, prestando ayuda y comunicando alegría. El hechicero consagró bendito aquel árbol, y de él fabricaron sahumerios para la fiesta del plenilunio, porque una vez que su madera comenzaba a quemarse despedía un humo dulce y embriagador.

Llegó la danza del Nareg, y Nayec se preparó con esmero, deseando lucir hermosa y seductora para los Espíritus de la Noche. Cuando llegó al claro, encontró a todos reunidos en los inamovibles círculos sagrados, y de alguna manera, la tribu entera observaba a la joven.

Cuando el hechicero comenzó a desgranar sobre el fuego ramas y gránulos de resina del árbol de Cosakait, su humo azulado y oloroso se expandió en el claro que ocupaba la tribu. La joven, con los ojos cerrados, comenzó a mecerse primero suavemente, y luego con mayor intensidad a medida que se enredaba en la espesa vaharada que despedía la hoguera.

Y en su locura hipnótica, tomó como cosa natural y hasta esperada que entre el griterío asombrado de los suyos, entre el silencio de la música callada, fuera ella elevándose en el vapor del incienso. Y así, anegada de dicha, ascendió hacia aquella pradera de ojos plateados, hacia esa ruta nebulosa por donde quería caminar por siempre.

Y en la promesa del desaparecido amante, la joven se integró a esa franja luminosa, el círculo formado por millones de estrellas —quizás las almas de otras tantas doncellas extraviadas—, que los españoles llamaban Vía Láctea.

Después de ese suceso, todos pensaron que el árbol se secaría, pero siguió derramando sus dones sobre el pueblo: sus flores fueron usadas como adorno por las jóvenes y ya secas, las ancianas las maceraban hasta obtener un ungüento que embellecía la piel. Sus hojas, en infusión, aliviaban a los enfermos de tos, y con su madera se fabricaban arcos casi indestructibles, como así también los soportes de las chozas. Por su raro color tornasolado y por su madera perfumada, una vez trabajada, las mujeres pidieron que con ella se hicieran cuencos y cacharros. Y en las noches de verano, cuando en la pradera verde del Chaco se reunían todos los insectos y animales salvajes que acechaban en la oscuridad, el fuego y el humo de sus ramas los mantenía alejados.

Con el tiempo, y en distintos lugares, se lo llamó Guayacán e Ibirá; los españoles prefirieron nombrarlo Palo Santo a causa de sus muchas utilidades y porque poseía la rareza de cambiar continuamente de color.

Sus flores no producían fruto porque albergaban una minúscula mariposa que, al llegar el tiempo, rompía el capullo y salía, aturdida, a buscar a su amada... siempre en vano.

Su existencia era brevísima, y al presentir su fin se enterraba en la hojarasca y a poco brotaba de su cuerpo la planta sagrada.

La historia que produjo tal milagro fue narrada de generación en generación y de esa manera se recordará eternamente el amor de Cosakait mientras quede algún árbol de Guayacán en la selva. Escribieron sobre él, asombrados, los primeros misioneros, los cronistas y los naturalistas. Y aún cuando el hombre, torpemente, haga desaparecer este árbol, siempre quedará en una vieja crónica, en un libro de leyendas, la historia de Cosakait y Nayec.

El olor del Infierno

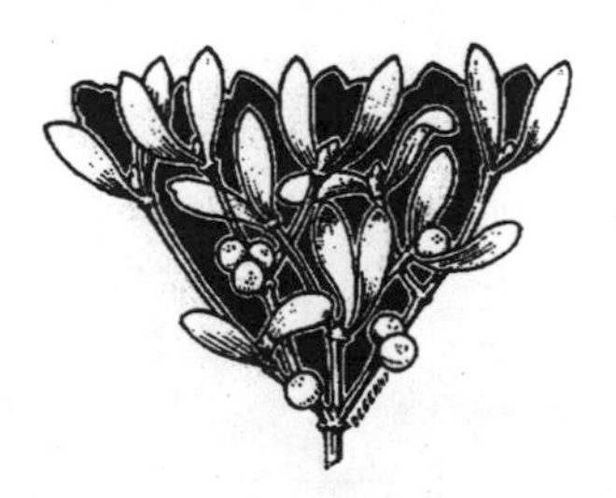

Iba a salir con su padre a cazar —por primera vez— al guanaco, como si con aquel atropello de perros, de mulas caprichosas, de paisanos felices de intervenir en la persecución, obtuviera él —todavía un muchacho— el prestigio de volverse hombre.

Ya dispuesto a montar, su madre lo había detenido en la galería acariciándole el pelo, acomodándole el pañuelo, quejándose de las espuelas que por primera vez le permitían calzar.

—Prométeme que no te separarás de tu padre —había exigido.

Y como él alardeara de su destreza, ella lo había abrazado con un sollozo, repitiendo: «¡Que la Virgen te proteja; que no vaya a sucederte nada malo!»

Luego se había lanzado al patio con la cara entre las manos, perdida esa compostura, esa alegría tranquila que él le conocía. Sorprendido, el muchacho miró a la cocinera.

—Perdió al hermano mayor en una guanaqueada —aclaró la mujer.

—¿Cuándo fue?

—Hace mucho tiempo, mucho.

—¿Murió? —había preguntado él, pero la mestiza lo miró con ojos biliosos, moviendo la cabeza ante su insistencia.

—Desapareció para el lado del Velazco. Nunca lo encontraron.

—Se habrá ido por ahí...

—A la Cueva del Diablo podría ser.

Salieron de la finca por un llano de pastos que el viento mudaba de color al zarandearlos, pero muy pronto el terreno comenzó a volverse áspero, a trepar y a dar vueltas sobre sí.

El muchacho recordó con inquietud lo que había oído decir al capataz, aquel viejo manco pero ducho como el que más con la boleadora: que en la Sierra de Velazco —que tenía al frente— había túneles y galerías por donde se descendía al Infierno.

Su valor vaciló, pero el sol benigno, la placidez del día y la bulliciosa alegría de la tropa ante la perspectiva de la matanza terminaron por tranquilizarlo.

Pronto tomaron un sendero que se perdía por el lecho seco del río, trepando después entre peñascos y matas espinosas, abriendo la vista hacia escondidas vegas, hacia quebradas cortas, casi hondonadas y siempre, más allá, allá lejos, la columna vertebral de un país invertebrado: los Andes.

Cerca del mediodía encontraron la manada y con maña la encajonaron en un valle cerrado, de una sola salida.

Pronto se desató el pandemónium: la tropilla de guanacos, al advertir el peligro, comenzó a correr ciegamente, intentando escapar por la única boca al cerco de hombres, mulas y perros, topándose con paredes insalvables, cercos espinosos y gritos que propiciaban el pánico entre ellos.

De pronto el muchacho se sintió aturdido, llevado por su mula de un lado a otro, lastimados los oídos por los aullidos de los perros que acosaban y destrozaban a los animales, viendo a los peones enlazando, ahorcando, desjarretando a diestra y siniestra, usando con pericia las boleadoras, algún arma de fuego, el lazo, el cuchillo, la lanza, a tiempo que se empapaban las manos de sangre con deleite casi místico.

El coro de lamentos animales —las mulas con sus ijares chorreando sangre, los perros con los flancos abiertos por las espinas, las patas desolladas de trepar entre peñascos, los dolientes relinchos de los guanacos sacrificados con la lentitud del lazo, del mordisco, de la quebradura, del cuchillo— produjeron en el chico una opresión inaguantable en el pecho, impidiéndole respirar, haciéndole comprender que quería estar en otro lado, en su casa, con su madre, con el viejo capataz, incapaz de participar en la cacería, de observar a la jauría mordiendo, sacudiendo, aturdiendo. Las crías caían con voces de niños mientras las patas de sus madres herían a los perseguidores, les arrancaban un ojo, y sus dientes de rumiantes se cobraban una oreja de carnívoro.

Y mientras unos relinchaban y otros aullaban y todos los hombres gritaban, el muchacho sintió una náusea muy poco viril que le vació el estómago. Un resplandor blanco lo cegó, borrando el color de la sangre que brotaba del pelaje de cérvidos, de canes y de equinos, manchando las piedras y tiñendo las espinas...

Y manteniendo los ojos apretadamente cerrados, azuzó a la mula y quedó librado a la sabiduría de sus patas. El sonido del viento, silbando en sus orejas, cubrió los sonidos de muerte y de entusiasmo que parecían ir quedando muy atrás, muy abajo, mientras él sólo podía recordar a su madre pidiéndole que no fuera a separarse del padre.

Como en trance, sintió que la mula movía los remos sin esfuerzo, como si galopara sobre algodones; el aire no ofrecía resistencia al envión del pecho, al movimiento rítmico de la cabeza del animal, así que mantuvo los ojos cerrados, y sin un soplo de respiración perdió la noción del tiempo y del espacio...

Despertó y era avanzado el atardecer. Estaba sobre un montón de piedras y terrones desprendidos del Velazco, en una quebrada que, al recorrerla, descubrió era ciega, tan sin salida como el valle donde habían emboscado a los guanacos. Sus paredes estaban cubiertas de enredaderas que parecían monstruosas telas de arañas.

Se acercó a ellas con cautela y alcanzó a ver las cuevas disimuladas detrás de las enredaderas grisáceas. Asustado, miró alrededor: la mula había desaparecido, así que recorrió la base del cerro hasta encontrar un sendero que subía.

«Treparé un poco y podré ver dónde andan los peones; deben estar buscándome. Mi padre no se iría a casa sin mí...».

Permitiendo que el pensamiento de encontrarse con los otros privara sobre sus miedos, comenzó a subir entre cortaduras y grietas; el caminito se agarraba a la montaña por la derecha, pero descubrió que poco después se volvía más abrupto y se desbarrancaba, a la izquierda, hacia la selva de helechos que cubría la pendiente.

Ya se insinuaba el anochecer y comprendió que muy pronto sentiría frío. Revisó sus bolsillos: traía el bendito yesquero que le había regalado el capataz dos días atrás, así que pudo encender una pequeña fogata. Si andaban por el valle, hacia aquel lado del cerro, los que lo buscaban verían el humo o el resplandor y vendrían por él.

Se sentó sobre el sendero, recostado en la pared de la montaña, asustado, helado, hambriento, pensando que quería estar en cama, arropado, oyendo algún cuento truculento, protegido bajo la calidez de las mantas, al resplandor de las velas, tocado apenas por el aliento de la madre.

Miró alrededor tratando de encontrar motivos de tranquilidad, pero con el último reflejo de claridad alcanzó a ver, aterrado, la boca de una cueva a metros de él. Comprendió, temblando, que era imposible retroceder o avanzar, porque en segundos lo envolvería la negrura.

Atontado por el miedo, llamó al sueño y doblando la cabeza se perdió en una confusa esperanza de irrealidad.

Despertó inquieto y tembloroso; el fuego era sólo brasas, y le pareció que la cueva respiraba sobre su cabeza. Muy desde el fondo de ella llegaban bramidos extraños que topaban y retrocedían, como toros peleando. Sudando bajo el frío, imaginó seres de otro mundo, y al prestar atención creyó distinguir un cónclave de balbuceos y frases entrecortadas, como si una misa misteriosa se oficiara en las entrañas de piedra.

Iba a asomarse, prefiriendo enterarse a morir de suposiciones, cuando un grito le heló la sangre. Era el grito largo y sostenido de alguien al que estuvieran descuartizando en vida; luego, en el respiro, oyó unas frases solemnes y un ruido que le hizo castañetear los dientes: era el crujido de huesos majados en un trapiche descomunal.

El muchacho aceptó, temblando, que estaba en la boca de una guarida de seres maléficos que podían capturarlo como a su tío, destruirlo o mantenerlo prisionero en las profundidades, para ser luego despedazado y servido en repugnante banquete, su sangre lamida ávidamente por aquellos demonios...

Recordó lo que le había contado el capataz: que siendo muchacho, en otra cueva que había más al sur, cuando andaba huyendo del Fraile Aldao, había entrado por descuido en una de aquellas grutas. Agotado y sin saber dónde estaba, se durmió de inmediato para ser despertado por cantos como de Semana Santa. Pensando que serían curas haciendo penitencia, pudiendo proporcionarle agua y pan, se internó siguiendo un reflejo rojizo que venía del socavón de la sierra.

Vio entonces brujos y brujas revolcándose a la luz de muchas hogueras con demonios de miembros retorcidos, «... porque el Rey de los Infiernos les da permiso a los diablos y diablas para que vayan de visita cuando se junta la Gente Mala...», había dicho el hombre. Y temiendo moverse por no producir un ruido, una sombra delatora, había quedado estático, mirando las cuadrillas satánicas alentadas por la algarabía de una música rechinante, enloquecedora, como si se tocara para que bailasen los esqueletos convocados desde sus tumbas. Cuando el silencio parecía resollar en la caverna, las grietas filtraban las invocaciones con que se ordenaban nuevos hechiceros.

El capataz le contó que el aquelarre había terminado en un hondo silencio y en la fuga de un pájaro gigantesco que...

En aquel momento el pasado se cristalizó con el presente pues el mismo hondo silencio se hizo en el amanecer, obligando al muchacho a contener la respiración: oyó algo que venía acercándose pesadamente hacia la salida de la cueva, raspando las paredes. Un demonio negro, de enormes alas desplegadas, salió graznando horriblemente de la gruta y batió las alas esparciendo un hedor irrespirable a heces y carne putrefacta. Se elevó y elevó, alejándose de allí y perdiéndose en el todavía oscuro poniente hacia los lejanos picos del Famatina.

El jovencito, que por efecto del miedo se había puesto de pie para huir, se despeñó al ser rozado por la punta de las alas...

... cayó, pero algo pareció sostenerlo en el aire y sintió como si fuera transportado en un vuelo alucinante. Pasó sobre los cerros y las hondonadas y se dirigió hacia el sol que, a ras del horizonte, encendía la gran hoguera del día. Después, en el vértigo de la caída, perdió el conocimiento no sin antes ver bajo él el campo donde numerosos guanacos estaban muertos o moribundos.

Se despertó al oír la voz de su padre; y una alegría inmensa hizo que se pusiera de pie, temblando. Pero no era el amanecer, era apenas pasado el mediodía y, perdida la cordura, comprendió de inmediato que algo andaba mal, aunque no pudo entender qué era.

Vio a su padre galopar hacia él con varios de los peones, la escopeta en alto. Quiso llamarlo, levantar los brazos, pero no oyó su propia voz: un relincho alarmado y furioso salió de su garganta y escuchó a su padre decir: «¡Allá hay uno, se estaba haciendo el muerto!» a tiempo que azuzaba a la jauría y chiflando, los peones revoleaban sobre sus cabezas lazos o boleadoras...

Quiso huir al ver la boca de la escopeta dirigida hacia él; intentó correr sobre sus patas temblorosas y sintió que algo quemante le traspasaba el cuerpo; sus rodillas se doblaron e inclinó el largo y hermoso cuello, y antes de tocar el suelo se acordó de su madre y de que ahora lloraría también por el hijo desaparecido...

—Cayó el desgraciado —dijo el lazador, deteniendo la mula.

—No dejen que se le acerquen los perros. Quiero ese cuero para hacerle una alfombra a mi señora —ordenó el patrón.

—Tarde será —respondió otro de los peones, pues los animales le llevaban la delantera por varios cuerpos de cabalgadura.

La jauría rodeó al guanaco caído y de pronto, husmeando y gruñendo, los perros comenzaron a aullar con verdadero dolor, ese dolor animal que no es el del golpe o de la enfermedad. Y mientras gemían, las cabezas gachas, incapaces de demostrar de otra forma su aflicción, movían las colas y miraban hacia los hombres.

—¿Qué pasa? —se sobresaltó el patrón y se le cruzó, con un escalofrío, el pensamiento de que desde hacía una hora no veía al muchacho. Apeándose, se metió entre la perrada; allí, en el redondel de fauces y de peones que se iban acercando, descubrió el cuerpo de su único hijo varón, el que había llevado a cazar para que se hiciera hombre. El muchachito agonizaba pero alcanzó a dedicar a su padre una mirada, una mirada larga, dulce y grave: la mirada de los venados, de los guanacos, de las vicuñas y las sensibles llamas, la de los animales que trepan los cerros desde el extremo noroeste hasta el extremo sur de la Argentina.

Escucharon batir de alas, y al levantar la cabeza vieron un cóndor gigantesco, negro y sombrío que, sin que lo hubieran oído acercarse, sin saber de dónde había llegado, revoloteaba sobre ellos. Después de volar en un amplio círculo, se perdió hacia la Sierra de Velazco dejando tras de sí el siniestro olor de los animales que se alimentan de carne.

El guardián del último fuego

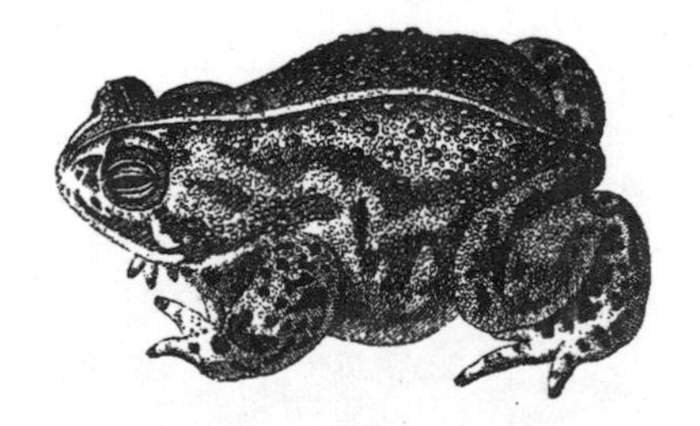

Todo el monte y los esteros y los animales del aire, de la tierra y del agua comprendieron, cuando comenzó a llover, que aquello iba a durar mucho tiempo. Los prudentes emigraron buscando a los cuatro puntos cardinales regiones más seguras, pero muchos hombres que no comprendían el lenguaje de la Naturaleza, se quedaron y perecieron, salvándose unos cuantos más por suerte que por inteligencia.

Pero hubo un animal que fue astuto y cuidadoso: era un viejo y enorme sapo que tenía el recuerdo de otros diluvios, así que supo en seguida dónde podía refugiarse sin tener que abandonar su tierra: ninguna creciente había llegado hasta una cueva que solía servirle de escondite, abierta y disimulada en un alto montecito. Era como si la Madre de la Tierra lo hubiera dispuesto así para que sobrevivieran los que atesoraban la sabiduría de la memoria para cuando ella estuviera en discordia con la Madre de la Lluvia.

El sapo, resignado a pasar una larga y aburrida temporada en aquel hoyo, se zambulló de un salto en él y se acomodó lo mejor que pudo. Dormía desde hacía días cuando algo lo despertó: era un calor reconfortante, una presencia tranquilizadora. La boca de la caverna estaba ocupada por una cara grande, tosca y benévola; impresionado, comprendió que la misma Madre de la Tierra había venido a visitarlo.

—Has sido muy prudente —aprobó ella, y luego ordenó:

— Abre la boca.

Sin chistar —no se discute con tan soberana señora— el sapo abrió la boca y ella, introduciendo su mano tosca y rojiza, pero benévola, depositó allí unas brasas encendidas.

—No las dejes apagar —le advirtió—. Es el último fuego que queda sobre la tierra, y tú eres su guardián. Cuando la necia de la Madre de la Lluvia deje de echarnos agua, tú tendrás que buscar algún ser humano y entregárselo. Fíjate bien a quién se lo das...

Y antes de que el sapo pudiera hablar —su mamá le había enseñado que no debe hacerse con la boca llena— la Gran Señora se había retirado chapaleando y maldiciendo entre los pantanos, bajo una lluvia torrencial.

Pasaron los días y el sapo, habiendo dejado las brasas en un hoyito protegido, perdía el sueño cuidándolas para que no se apagaran: en cuanto las cenizas blanqueaban, él soplaba con ánimo y volvía a encenderlas, aburrido de aquel menester pero decidido a cumplir con el mandato de la Señora.

Con el tiempo, la Madre de la Lluvia se cansó de su enojo y de a poco dejó de arrojar agua sobre los campos. La mayor parte de la tierra se mostraba inundada: era un paisaje devastado que se extendía hasta donde la mirada humana alcanzara.

Como por milagro, un muchacho y una jovencita se habían salvado; pertenecían a la familia de los chiriguanos; las tribus de ambos habían perecido o emigrado, habiéndose visto separados de ambas en medio del cataclismo.

Quiso la Naturaleza que se encontraran, y que con esa paciencia que es una de las mejores cualidades de los seres humanos comenzaran a reconstruir el mundo según lo habían conocido. Tuvieron que esforzarse para conseguir el sustento y temían a la oscuridad: como el agua iba bajando, animales salvajes, hambreados y peligrosos, merodeando en las noches todavía nubladas. En el recuerdo de aquellos casi niños, era el amparo de la hoguera el que los había defendido valiéndose de su movilidad, del hechizo de las llamas y lo hipnótico del color: las bestias temían al fuego.

Al distinguir el acortamiento de los días, comprendieron que venía el invierno y aún no habían encontrado lugar seguro y protegido donde pudieran guarecerse. A veces, abrazados, lloraban la falta de aquel calor amarillo y rojo que les prestaba el bienestar y la seguridad que otrora les brindara la tribu.

Mientras tanto, el sapo esperó sabiamente por semanas a que dejara de llover —no quería que lo sorprendiera otro aguacero lejos del refugio— y por fin, viendo que los pájaros y otros animales comenzaban a regresar, supo que ya no había peligro.

Tomó entonces el fuego en su gran boca, y algo molesto por la travesía que debía iniciar salió y se dedicó a buscar a los últimos sobrevivientes; pero todos aquellos a los que preguntaba contestaban que no habían visto un chiriguano por ningún lado, que más bien se dirigiera al vecino Paraguay. Al fin consiguió enterarse, por «pareceres», que había un casal humano refugiado en un monte, antes de cruzar el río.

Llegó a donde estaban ellos siendo la hora del anochecer, y los espió desde los matorrales para estar seguro de que a la Madre Tierra le satisficiera que a ellos les fuera entregado el fuego. Y notando que eran buenos, que se amaban y se acompañaban, comprendió el sapo que para aquellos jóvenes la Gran Señora le había confiado el tesoro del último fuego.

De un salto cayó entre ambos, sobresaltándolos, y de inmediato vomitó frente a ellos las ascuas; éstas, en contacto con el aire, volvieron a encenderse en el naranja ardiente del calor.

Temerosos de que aquel milagro se perdiera, entre exclamaciones y corridas, ambos jóvenes fueron por ramitas que habían recolectado siguiendo el atavismo de su pueblo, preparándolas para mantener la hoguera diaria.

Aquella noche, por primera vez en meses, pudieron asar el pescado que habían conseguido, y luego, al calor de la movediza hoguera, cantaron y rieron en compañía del viejo y sabio sapo.

Con el paso del tiempo, los jóvenes restablecieron el pueblo de los chiriguanos en la región que hoy corresponde a la provincia de Formosa; y desde entonces el sapo ha mantenido entre ellos el firme prestigio de emisario de la Madre Tierra.

El Padre de la Hacienda

Cuando los jesuitas fueron expulsados de Córdoba en 1767 mucha gente lamentó su alejamiento pero otros, con fines mezquinos, se adelantaron a la orden de Carlos III con la intención de apropiarse del ganado de las estancias de la Compañía de Jesús, famosas por lo bien administradas.

Cuenta la tradición que un hacendado nada reacio a quedarse con lo ajeno llegó con sus peones a una de esas estanzuelas para apoderarse de cuantas reses pudiera.

El hermano boyero —quiere la tradición que fuera vasco— se negó a entregar la vacada. Era un hombre alto y fuerte, ya de edad, agricultor y pastor por tendencia natural.

—Estos animales pertenecen a Nuestro Señor Jesús —advirtió al cuatrero—, y estoy bien cierto de que Él prefiere que los deje sueltos en el campo para que sirvan a los pobres y a los indios y no que los entregue para que engorde un codicioso.

Como el estanciero contestara de mal modo, el sacerdote, enojado, se volvió hacia el poniente, y abriendo los brazos gritó con voz potente:

—¡Padre de la Hacienda, ven a buscar tu raza!

El otro, encolerizado, ordenó que ataran al sacerdote a un algarrobo que crecía frente a la capilla y mandó luego a sus hombres a campear el ganado, pues quería partir antes de que llegara el Teniente del Rey y se lo impidiera.

Mientras se llenaban los corrales, comenzó a oírse un reclamo que parecía salir de lo profundo de la Sierra: era el mugido recio e insistente que lanzan los toros cuando están furiosos. Al escucharlo, las vacas pararon las orejas y quedaron como esperando algo, mientras muchas que habían escapado al monte regresaron para congregarse en el llano.

El hermano boyero sonrió extrañamente y dijo al estanciero:

—Ahora veremos si consigues llevarte algún becerro...

Con el paso de las horas fue evidente que el rodeo que habían reunido en potreros y corrales era de tales proporciones que no podrían arrearlo, pero ya se escuchaba al Padre de la Hacienda bajando por la cañada, haciendo temblar la tierra bajo sus pezuñas; las reses comenzaron a mugir como si hubiera llegado el fin del mundo al tiempo que el cielo se teñía de sangre.

Cuando las sombras se volvieron más espesas, se vio aparecer en la boca de la quebrada una masa informe con grandes cuernos que despedían un humo lechoso como niebla. Cuando aquel animal

—o lo que fuera— volvió a bramar, la capilla se derrumbó, se vino abajo el campanario y la campana cayó rebotando entre las piedras.

Las vacas rompieron los corrales y se juntaron con las del monte mientras los peones huían en to-das direcciones. El estanciero se quedó, quizás por-que la codicia era más fuerte que el miedo, quizás porque no siempre van unidas la maldad y la cobardía.

Pero no bien ver al toro debió írsele el coraje del cuerpo, ya que era un animal de fábula, color barroso y ojos de fuego. El Padre de la Hacienda levantó al hombre entre los cuernos y lo arrojó por el aire como si fuera un muñeco, para luego adelantarse al ganado que lo siguió como convocado por algo más fuerte que el instinto.

Cuando desaparecieron en la oscuridad, se asentó el polvo y el viento despejó la niebla; el hermano boyero había desaparecido...

A pesar de que en aquellos tiempos se creía en muchas milagrerías, la justicia cumplió con las ordenanzas del caso, mandando partidas de búsqueda. Oidores y veedores se presentaron en el lugar armados de preguntas, de miradas vigilantes y oídos atentos, seguidos por amanuenses con sus plumas, tinteros, cera para los sellos y los mismos sellos.

Y después de interrogatorios inquisitoriales, hacían constar en actas sus «otrosí» y sus «Vuesa Merced».

Los soldados batieron la comarca sin encontrar nada; no oficialmente, algunos de ellos confesaron haber escuchado ese sonido entrecortado y suave con que se comunican los animales de noche, cuando están reunidos y en paz. Otros aseguraron haber oído palabras —pronunciadas con fuerte acento vasco— traídas por la brisa nocturna: eran las frases con que tranquiliza al ganado un buen boyero que duerme con sus vacas.

Aunque nadie lo pudiera creer, un toro gigantesco, un sacerdote jesuita y algo así como mil cabezas de vacunos habían desaparecido hacia la Mar Chiquita donde, se decía, no podrían sobrevivir.

Pasó el tiempo, y aunque se siguió indagando —seguramente por la obstinación de algún funcionario menor— nadie encontró ni la osamenta de un ternero.

La gente del lugar cuenta que en las noches sin luna, en la soledad del campo, se puede escuchar la voz del hermano boyero apaciguando al rebaño.

La Flor Secreta

El soberano de un antiguo reino que respondía a la dominación incaica había quedado ciego, tornándose melancólico y desgraciado sin que los remedios aplicados por los hechiceros pudieron hacer nada por él.

Los tres hijos del rey contemplaban con dolor la noche que velaba los ojos del padre: sabios de lejanas regiones, famosos por ser expertos en conjuros, habían sido convocados sin que se obtuviera ningún resultado.

Un día llegó al pucará real un anciano de gran experiencia, que había visto y vivido muchas cosas.

Luego de estudiar el mal del rey, dictaminó que el enfermo podría sanar si se le exprimiera en los ojos el zumo de la flor del Lirolay.

Nadie conocía esa flor, y los hijos del rey se apresuraron a preguntar dónde podrían encontrarla; el anciano les advirtió que en tierras tan lejanas que para llegar a ellas era preciso enfrentar cosas desconocidas.

Esto no asustó a los jóvenes príncipes, que de inmediato dispusieron emprender el viaje. El rey, esperanzado, pronunció unas palabras que terminarían por resultar fatídicas: «Entregaré mi corona al que traiga la flor».

Al alba los jóvenes abandonaron la aldea, y al llegar a la encrucijada donde nacían tres caminos se separaron, conviniendo en reunirse allí al final de la búsqueda; juntos regresarían a la vivienda real. La idea era llevar la flor entre los tres, sin importar quién la encontrara.

El mayor de los hermanos llegó a Jujuy y allí preguntó por la planta. Los jujeños le contestaron que no conocían el Lirolay, pero que tenían una planta muy bella a la que llamaban Ilolay. Desilusionado, el primogénito del rey regresó a la encrucijada y allí esperó a sus dos hermanos.

El segundo de los jóvenes caminó hasta Tucumán, y por más que averiguó las tribus de allí le dijeron, desconcertadas, que sólo tenían la flor llamada Lilolá, que además de ser hermosa despedía un aroma delicioso. El muchacho, decepcionado, regresó a encontrarse con los otros. Las esperanzas, ahora, estaban puestas en el hermano menor.

Éste llegó a las tierras de Salta y tuvo mucha suerte, porque allí le aseguraron que ellos poseían la misteriosa flor, pero que sólo crecía en los confines del territorio.

«Cuando la obtengas», le advirtieron, «sufrirás mucho, y cuando regreses con ella caerá sobre ti la más feroz traición. Pero si eres valeroso, si amas profundamente a tu padre, lograrás que por tu intermedio se cure».

El joven aceptó el reto y se lanzó a la selva dispuesto a enfrentar las bestias desconocidas acostumbradas a alimentarse de carne humana, las espinas que envenenan la sangre, la cólera de Inti —así llamaban al rayo— y la furia de la crecida de los ríos, que bajaba de los montes arrastrando enormes piedras, árboles, animales y peces muertos...

En ningún momento pensó en desistir, y si lo hacía, el recuerdo de la enfermedad del padre lo sostenía en su búsqueda. Al fin llegó a un valle secreto, sereno y verde, donde sólo se veían animales mansos y se escuchaba el canto de infinitos pájaros. Y allí, entre tanta hermosura, descubrió a la más bella de las flores y supo que era el Lirolay que curaría al rey. No bien la cortó graciosas jóvenes salieron del bosque, de las aguas, de los montes e intentaron, con cantos, danzas y juegos, distraerlo de su misión; el muchacho no se dejó tentar y huyó con la flor, sólo pensando en que debía reunirse cuanto antes con sus hermanos y llevar el remedio a su padre para que se aliviara. Su alma generosa y simple no guardaba ni el recuerdo de la promesa del rey: «Entregaré mi corona al que traiga la flor».

Cuando sus hermanos lo vieron venir corriendo, feliz y llevando en alto el Lirolay, se llenaron de envidia y de codicia, y comprendiendo que él ceñiría la corona, se entendieron con la mirada.

Era casi de noche cuando emprendieron el regreso, y mientras avanzaban —el menor cantando de alegría—, los hermanos mayores vieron a un costado una zanja ancha y honda. Sin esperar más, se echaron sobre el menor y lo mataron a pesar de sus súplicas. Y en medio de la oscuridad lo enterraron en aquella cavidad, iniciando el camino hacia el palacio y llevando entre ambos la flor maravillosa.

A medida que iban pasando por los poblados, soltaban el llanto hipócritamente y contaban cómo el jovencito había sido devorado por un tigre, y en todas partes, para tranquilidad del reino, mostraban la flor que curaría al soberano.

Entraron en el pucará y en presencia de ministros, parientes y hechiceros, acercaron la flor a los ojos del enfermo y en cuanto sus pétalos tocaron las pupilas del hombre, éste recuperó la vista... pero sus ojos sólo sirvieron para llorar la muerte del más amado —por inocente y bueno— de sus hijos.

Entretanto, en la tierra donde habían enterrado al menor de los príncipes comenzó a crecer un cañaveral; y pronto las cañas se volvieron altas y delgadas y el viento las meció como juncos.

Un día pasó un pastorcito con sus vicuñas y acercándose a aquel oasis cortó una caña y se hizo una flauta, pero al llevársela a los labios, en vez de las dulces notas que esperaba, la flauta emitió una voz humana que cantó:

No me toques pastorcito,
ni me dejes de tocar;
mis hermanos me mataron
por la flor del Lirolay...

Asustado al comprender que era la voz del príncipe muerto, el niño pensó que tenía la obligación de hacer saber al rey la maldad de sus otros hijos; y al llegar a la choza de sus padres, les hizo escuchar la melodía, y en peregrinación fueron de aldea en aldea contando lo sucedido hasta llegar a la ciudad del rey. Éste, enterado de aquel prodigio, había salido con sus ministros y parientes a hablar con el pastorcito y cuando se encontraron, con un frío en el corazón el rey pidió al niño el instrumento y se lo llevó a los labios. Esta vez el canto fue distinto:

No me toques, padre mío,
ni me dejes de tocar;
mis hermanos me mataron
por la flor del Lirolay...

El soberano enmudeció largos segundos y al fin, con el rostro nublado de ira pero también de incredulidad, ordenó a sus hijos que tocaran la flauta. Y ella contestó en boca de ambos hermanos:

No me toquen hermanitos,
ni me dejen de tocar,
porque ustedes me mataron
por la flor del Lirolay...

Comprendiendo que el espíritu de su hijo se comunicaba de aquella extraña manera, el rey pidió al pastorcito que los guiara hasta el cañaveral. Cuando llegaron, hallaron la sepultura tapizada de flores de Lirolay. El rey, desesperado, bajó de la angarilla en la que era conducido por sus custodios y con sus propias manos cavó frenéticamente; las flores, al ser destrozadas, llenaron el aire de un delicado perfume mientras las cañas, al mecerse, imitaban quejidos.

Y de pronto, milagrosamente, el menor de los hijos del rey surgió vivo de la tierra que, como el vientre de una madre, lo había preservado de la muerte y de la descomposición.

El rey lo estrechó, llorando, contra su pecho, y de inmediato mandó que ejecutaran a los criminales, quienes se arrojaron al suelo implorando piedad. El joven, inocente aún después de haber sufrido por partida doble el destino de Abel, pidió a su padre perdón para ellos, diciendo que él ya los había perdonado; el único crimen de sus hermanos, adujo, había sido el deseo de ser portadores de la flor que curaría al padre... olvidando, ingenuamente, que ambos ambicionaban la corona.

El rey se lo concedió a regañadientes, nombrándolo su sucesor. El joven no pensó que, con seguridad, con su clemencia estaba atrayendo, para el soberano que sería en el futuro, incontables traiciones...

Por qué no hay peces en el río Tercero

Cuentan que al principio de la colonización de Córdoba podían pescarse abundantes y sabrosos peces en el río Tercero —llamado entonces de Santa María—, pues Dios los había puesto allí para que los habitantes tuvieran con qué alimentarse y pudieran cumplir, además, con los días de vigilia.

Eran épocas buenas, porque no había langostas que devoraran las cosechas ni ratas que se comieran el grano almacenado. Los animales parían numerosas crías, y así prosperaban tropillas y rebaños.

Todo esto se debía a que contaban con tres protectores sobrenaturales: San Benito, San Isidro y San Ignacio. Estos santos se paseaban por el lugar vestidos con ropas humildes que un brillo celestial volvía de oro, y cuando los pájaros volaban alrededor de ellos a veces, sin darse cuenta, los atravesaban, porque eran inmateriales y sólo podían ser vistos por los simples de espíritu, aquellos a los que se les había prometido el Reino de los Cielos.

San Isidro Labrador llevaba en la mano una hoz para segar las espigas; San Ignacio de Loyola, una espada para defender la frontera de ranqueles, que luchaban por la tierra que les habían quitado los españoles. San Benito tenía la tarea de detener plagas y todo lo que pudiera arruinar la cosecha; para esto llevaba campanitas de plata y cristal que al sonar espantaban a los demonios, detenían el granizo, atenuaban las heladas y mantenían lejos a las alimañas.

Eran buenos tiempos, pero no duraron, porque un día llegaron hombres perversos, sobrevivientes de la ciudad del Pantano Viejo, que quedaba en La Rioja, cerca de Aimogasta. Aquella ciudad, que en una época fuera grande y próspera, se había perdido cuando, en el desenfreno de una orgía, los hombres penetraron en el templo profanándolo con actos de impudicia y asesinando después al sacerdote que intentó expulsarlos. Por esa causa Dios había ordenado su desaparición; y un aluvión de barro se precipitó sobre ella y la cubrió tan enteramente que se podía pasar a su lado sin darse cuenta de que alguna vez se había levantado allí una villa importante.

Estos recién llegados —salvados por raras circunstancias— dieron con el tiempo en burlarse de la cotidiana labor de los cordobeses y especialmente de su observancia religiosa, a la que eran tan apegados. Fue así que los tentaron con promesas de jolgorio y fabulosas riquezas, de ciudades de torres de rubíes y árboles que fructificaban en oro; deslumbrados por aquel imaginario paraíso, la gente del lugar descuidó sus chacras, sus haciendas y sus telares, dándose a la indolencia, faltando a la caridad con los mendigos y dedicándose a buscar ilusorios tesoros en las lejanas tierras del Sur.

Cuando llegó Cuaresma en lugar de ayuno y abstinencia prepararon comilonas, haciéndole ascos al pescado y burlándose de los que se tomaban el trabajo de pescar.

Por todo esto los Santos Protectores decidieron abandonar a los desagradecidos, llevándose los peces con ellos a regiones donde se los apreciara más. Y un amanecer, con sus redes de plata, atraparon a todos —salvo los pequeños que dormían bajo las piedras—, llevándoselos al magnífico Paraná, donde la gente acostumbraba pescar y alimentarse de lo que el río le daba.

Pero al retirarse San Ignacio, los indios cruzaron el cauce del Tercero y volvieron a asolar con sus malones la región; como San Isidro no vigilaba la siembra, las cosechas se perdían las más de las veces. San Benito, entre tanto, se había llevado sus campanitas, y por eso cayó granizo, llovió a torrentes, las heladas quemaron los campos. Todo se perdía a veces por la sequía, y las langostas no tardaron en aparecer seguidas por las ratas con sus lomos arqueados y sus feas colas peladas. Las primeras asolaron los campos, siendo responsables de la mortandad de animales al acabar con los sembrados; las segundas hicieron nido en las sementeras abandonadas y en las huertas llenas de malezas. Los hombres enfermaron; se los veía consumirse, y al final morían expulsando sangre por la nariz.

Y esa es la explicación de por qué no hay peces en el río Tercero y en otros ríos de Córdoba, y es por eso que es tan dura la vida del hombre de campo, y tan inclemente la naturaleza con él, habiendo quedado librado al Destino que tanto puede llamarse plaga como sequía o inundación, porque los decretos de los Entes Superiores rara vez se revocan.

La cacería de los dioses

En el origen de la raza se llamaron a sí mismos SHILKENAMn, y llamaron a su tierra SHILKENAMn KA HARUHIN, que significaba «el terreno de nuestra raza». Eran altos, robustos y de porte altivo; decían tener la piel más clara que sus vecinos y se jactaban de sus manos y pies pequeños —señal de antiguo linaje—porque tenían la oscura conciencia de haber perte-necido a otro pueblo, a otro lugar.

Sus dientes delataban al devorador de carne: eran blancos y sanos, con los colmillos anchos capa-ces de mascar nervios y lonjas de cuero para fabricar armas.

Ocupaban aquella, la «última tierra», con otras dos tribus, Yaganes y Alacalufes, que eran navegantes y pescadores, y por eso ellos, que eran cazadores y recolectores, conservaron los valles, las montañas, los bosques y las llanuras del noroeste, donde conseguían el guanaco, las aves, las frutas y los hongos mientras sus vecinos ocupaban las sinuosas costas del sur y el laberinto de canales que se abría en el archipiélago.

Era aquél un país asombroso, que llegado el atardecer parecía encenderse en innumerables hogueras; muchos siglos después, cuando arribara el hombre blanco —en naves parecidas a Jóchin, la ballena— aquel color le valdría el nombre de Tierra del Fuego; a ellos les llamarían «onas», nombre que jamás aceptaron.

La vida en la tribu tenía una inmutabilidad milenaria, con las mujeres sometidas a la ley de los varones de la familia, cargando sus hijos, ocupándose de la recolección de los frutos, construyendo los refugios, sufriendo los caprichos de sus hombres.

Pero aconteció que un anochecer en que los cazadores aún no habían vuelto y ellas estaban reunidas cosiendo un toldo de cueros de guanaco, surgió de las sombras una extraña mujer que parecía pertenecer a otra raza. Era muy alta, pálida en extremo, y tenía una larga cabellera negra y lustrosa. Sus ojos se veían sombreados, pero las pupilas brillaban como estrellas bajo la frente despejada. Se paró dentro del círculo de piel y paseó su mirada por cada uno de los asustados rostros.

—Mírense —dijo, despectiva—. Sentadas en el suelo, armando pellejos malolientes, arruinando sus bellas manos, vencida la espalda... cuando podrían tener los privilegios de los varones, dominar la guerra, conocer las palabras que curan o matan.

Atónitas, ninguna se atrevió a hablar, hasta que una anciana, recordando quizás una antigua promesa de los dioses —jamás cumplida— preguntó:

—¿Eres acaso la Mujer-Luna, eres Kra, la que domina los Espíritus?

La Señora de la Noche asintió, complacida de ser recordada, y con movimientos lánguidos se echó sobre la piel suavizada por muchos días de duro trabajo.

—Soy Kra, anciana, y he descendido de mi lecho de constelaciones, triste y enojada al ver que mi descendencia, las mujeres de los SHILKENAMn, están en tal estado de sumisión que no saben hacer otra cosa que parir y mascar tientos.

Una muchacha de formas redondeadas, aún virgen, que tenía una confusa idea de que las mujeres eran tratadas injustamente, se sentó sobre sus talones y preguntó:

—¿Es que hay alguna manera de negarnos y no ser castigadas por ello?

—¿Cómo podremos someter a los hombres, si ellos tienen las armas y la fuerza?— la interrumpió otra, escéptica.

—¿Y si no conseguimos vencerlos, qué escarmiento no serán capaces de imponernos? —dijo la tercera, más temerosa.

—Las volveré invulnerables —aseguró la Mujer-Luna—, porque voy a enseñarles ritos tan temibles que ningún hombre podrá enfrentarlas.

Irguiéndose sin producir un solo ruido, se adentró en el bosque que se levantaba detrás de ellas.

—Les enseñaré a invocar a los Espíritus, para que podáis obligarlos a que habiten temporalmente en vuestros cuerpos. Ningún hombre sabrá que sois vosotras, porque llevaréis el rostro cubierto —y metiendo la mano en el tronco de un árbol carcomido por líquenes y musgos, Kra levantó dos máscaras terroríficas que hicieron retroceder a las mujeres con un grito.

—No temáis —las tranquilizó, y llamando a la jovencita a su lado, le veló el rostro con una de ellas.

—¿Quién sabe ahora que ésta es la intocada Télen? Así, con la fuerza del Espíritu, esta virgen dominará a los hombres, que no podrán distinguir entre ella y los Seres Superiores.

Y desde aquel día las mujeres se reunieron sigilosamente con Kra en el bosque, entre peñas, barrancas y turbales. Recibieron nombres secretos, preservando en el más estricto misterio la protección de la Madre de la Noche. Aprendieron a fabricar máscaras diabólicas, a reírse en silencio de los hombres y a dominarlos por intermedio de los Entes que visitaban sus cuerpos mientras eran adoctrinadas por la Mujer-Luna, la mayor hechicera de todas las tierras que fueran imaginables.

Con el paso del tiempo y sus nuevas funciones de cazadoras y guerreras, el cuerpo de las mujeres se hizo más alto y elástico, su cintura más breve, su espalda más recta, su valor más audaz; sus brazos y piernas se alargaron y robustecieron al manejar el arco, y la vista se les aguzó en la necesidad de acertar el blanco. Y se apoderaron del fuego.

Y mientras duró el ciclo, sus maridos y hermanos y padres lloraban en algún rincón del toldo su perdida grandeza, siendo arrojados fuera de la choza durante la lluvia o la nevisca, pudiendo ser heridos con un venablo en el muslo, en las nalgas, en un brazo, si su esposa-dueña se molestaba por no haber sido servida con suficiente habilidad.

Esa tiranía se volvió insoportable para los varones, que clamaron justicia al Hombre-Sol, y habiendo sido oídos por él, un amanecer en que trabajaban en los menesteres más despreciables vieron surgir del mar un coloso con la cabeza enmarcada en un halo de luz: era su amarilla melena, que caía hasta la mitad de la espalda.

—Soy Kran, vuestro protector —se anunció, y todos inclinaron la vista porque estaba prohibido mirar cara a cara al Hombre-Sol.

—He visto en qué estado lastimoso estáis, y cuán desanimados os sentís. Soy esposo de la Mujer-Luna, a quien vosotros llamáis Kra; he venido a cambiar vuestro Destino.

Y les explicó que sintiéndose preocupado por la forma en que eran tratados y sospechando que su esposa tuviera algo que ver con ello, la había segui-do por largo tiempo, pues Kra se movía en la oscuri-dad y en regiones donde él no podía penetrar.

—Gracias a un relámpago, descubrí el origen de tanto poder. Seguidme en silencio —les ordenó,y los hombres, encogidos de miedo, dudosos y amedrentados, lo siguieron al corazón del bosque.

Kran metió la mano dentro del árbol caído y les mostró las máscaras, advirtiéndoles:

—No temáis, he roto su embrujo. Es con ellas que mi malvada esposa ha atraído a los Espíritus Malignos que imperan sobre vosotros. Es necesario destruirlas y reemplazarlas con el favor de otras Divinidades; sólo así recuperarán los varones el dominio de la tribu.

Luego de un silencio tan dramático que los hizo estremecer, les dijo:

—Sólo hay una forma de vencer para siempre a las mujeres: debéis exterminarlas, o ellas, con la astucia innata de las hembras, conseguirán imponerse nuevamente.

—Entonces nadie tendrá hijos —reflexionó un anciano— y nuestro pueblo se extinguirá...

—¿O tendremos que ir a buscar las mujeres del sur, las comedoras de peces y de algas?

—Dejaremos que vivan las pequeñas que aún no han sido adoctrinadas en los Espíritus, y de ellas surgirá nuevamente una tribu de hombres soberbios y guerreros, que no cargarán a sus hijos ni tendrán que transportar los toldos. Volveremos a ser los hombres que llegaron a paso de gigante de las tierras de aguas calientes que están en el extremo oeste, siguiendo la calzada que se tragó el océano. Os ayudaré a emanciparos de ellas, pero tendréis que criar a vuestras pequeñas en el respeto por los varones, la sumisión ante la voz del amo, la obediencia a sus deseos.

Y así, protegidos por el Hombre-Sol, siempre en disputa con su esposa, la Mujer-Luna, los hombres esperaron que él los iluminara con la primera claridad y comenzaron a matar a sus madres, a sus esposas, a sus hijas crecidas.

El terror se extendió por la aldea, y después del sorpresivo ataque las mujeres reaccionaron corriendo al bosque en un intento desesperado por recuperar las máscaras protectoras. Pero los hombres, aconsejados por Kran, las habían destruido.

Y mientras ellas corrían despavoridas saltando sobre las piedras, los rostros fustigados por las ramas, resbalando en las turberas, hundiéndose en los pantanos, los hombres invocaron a los Dioses en su ayuda, y una horda de deidades crueles y perversas cayó sobre las fugitivas: muchas quedaron paralizadas cuando les cortó el paso Hashe, el espíritu de los árboles muertos, que se distinguía por su aullido; él trituraba cabezas de guanaco entre los dientes para sorberles el seso. Lo acompañaba Short, el del garrote, el espíritu-dueño de las rocas blancas, quien las persiguió enconadamente hasta que algunas atinaron a trepar a los árboles —cosa que él no podía hacer—; sin embargo, las apedreó hasta que laceradas y casi inconscientes se precipitaron al suelo. Otras oyeron sobre ellas el ruido de un gran pájaro que bajaba de las nubes: era un espíritu femenino, Jalpen, la Mujer-Nube.

—Denme sus manos —dijo con voz engañosa— yo las elevaré para que vean qué sucede en la aldea, qué es de vuestras madres, de vuestras hermanas...

Y muchas se dejaron llevar hacia el firmamento, perdiéndose en las nubes... Al otro día sus huesos llovieron, limpios de toda carne, sobre la tierra.

Y las que, desconfiadas, no habían aceptado la ayuda de la traicionera Jalpen, fueron perseguidas y devoradas por Tano, que habitaba bajo la tierra: era una diosa maligna y no había que esperar compasión de ella.

Desesperadas ante aquel vendaval de demonios que se habían congregado para exterminarlas, prisionera la Luna de su sueño diurno, muchas mujeres cayeron a los barrancos o bajaron a ellos buscando refugio en sus cuevas. Demasiado tarde oyeron la respiración pesada y fúnebre de Jachai, el espíritu de las piedras negras, de las barrancas oscuras, el espíritu más temido por la tribu. Oscuro y con cuernos en la frente, caminaba lentamente pero jamás dejaba escapar a su presa.

Al atardecer, las que sobrevivieron a la cacería, comprendiendo que no se librarían del martirio, prefirieron arrojarse en precipicios, adentrarse en el mar, atravesarse mortalmente con los arpones de punta de hueso que destrozaban las carnes.

Y al bajar el sol, la última luz mostró el espectáculo de cuerpos mutilados, sangre derramada hasta formar arroyos, cadáveres de mujeres ensartados en las ramas de los árboles, convertidas en un saco de huesos, sepultadas en las hondonadas, aplastadas por las piedras. Hashe había triturado muchas cabezas y Jalpen se había dado un banquete, escondida entre los nubarrones que traía el soplo gélido de los hielos eternos.

En el anochecer de luto, los hombres, hartos de matar, recogieron sus cosas y acomodaron sobre sus espaldas a las pequeñas que habían preservado, abandonando el escenario de aquella carnicería y dejando que los animales se encargaran de dar destino a los cadáveres.

Las niñas lloraban y lloraban, algunas manchadas con la sangre de sus madres o hermanas, con quienes dormían cuando las habían atacado.

Al apagarse los pasos de los hombres que se alejaban hacia el oeste aparecieron los Mehn, las sombras de los antepasados muertos que deambularon tristemente por el bosque llorando la desaparición de las últimas guerreras...

Así concluyó el reinado de las mujeres onas, las SHILKENAMn, sobre los varones. Las generaciones futuras crecieron temerosas, silenciosas, dando gracias al Señor del Cielo por tener un hombre valeroso que las protegiera de los Espíritus Malos, no quejándose jamás de los pesados trabajos, cargando siempre a sus hijos, a sus bienes, deformándoseles prematuramente el cuerpo; sus espaldas se arquearon, sus piernas se combaron, sus vientres se hincharon y sus manos se llenaron de cicatrices... Nunca recuperaron el poder.

Para que los jóvenes que iban a convertirse en hombres no olvidaran a los Dioses que habían intervenido en la gran cacería de mujeres, los instructores de la tribu idearon una ceremonia iniciática, el «clocketem», donde, por el terror, el muchacho rememoraría la historia de su raza, experimentando un conveniente temor por lo incomprensible e independizándose para siempre de las mujeres, a quienes había estado sujeto hasta entonces.

Pero el Hombre-Sol, con todo su poder, no pudo atrapar a su esposa, la Mujer-Luna, que conservó el dominio sobre la noche y las mareas, sobre las parturientas y las lluvias, como siempre había sido. Y es sabido que por más que corra tras ella, Kran jamás la alcanzará.

La muchacha que cabalga la corza

En una tribu que habitaba al este de Catamarca, siguiendo la costumbre de casi todas las sociedades antiguas, los jóvenes y los ancianos solían sentarse de noche alrededor del fuego y relatar la historia de la tribu o cuentos de hechizos y de raros sucesos.

Una de estas veces, en plena época de sequía, un anciano hizo el comentario de que la Madre de las Aguas, la gigantesca serpiente que aprisionaba las nubes y las obliga a llover sobre regiones necesitadas, se había olvidado de ellos.

Como los más jóvenes quisieran saber más de la Madre del Agua, la conversación terminó en la enumeración de las deidades que protegían ríos, vertientes y lagunas.

—Una vez vi —comenzó un anciano— a una joven, casi una niña, peinándose los cabellos, que eran del color del sol. Estaba sentada sobre el borde mismo del agua, peinándose con un peinecito de oro y cantando dulcemente, pero al verme se sumergió de inmediato en la laguna. Sólo pude distinguir el reflejo soleado de sus cabellos mientras desaparecía hacia donde las aguas se vuelven tan verdes que se confunden con la oscuridad.

—Pero en los ríos —intervino otro anciano, muy respetado por su riqueza, su prestigio de guerrero y por tener el amor de sus muchas esposas— suele verse a la mujer-pez...

Un estremecimiento sacudió a los jóvenes, que preguntaron con curiosidad sobre ella.

—Es bella, también sus cabellos tienen el color del oro, y mientras nada y se los lava enreda en las ondas de su cabellera al pez que más aprecia, pues así le gusta jugar. Sabe usar la cola como abanico y sacude el agua formando olas o nadando en círculos, ondas que son peligrosas para los hombres, pues si caen en ellas, perecerán. Una vez me sucedió algo muy triste; a pesar de todo lo que recibí a cambio, hubiera renunciado a ello por amor y compasión.

Con un suspiro se envolvió en su manta, y con la vista fija en las llamas demoró unos segundos en hablar.

—Una tarde iba yo hacia la laguna que está entre los cerros, la que alimenta a nuestro río, cuando desde lejos creí ver un destello en el agua. Pensé que bien podía ser la Dueña del Río que se aparecía por aquel lugar, así que me acerqué furtivamente, pues había oído decir que quien se encuentra con ella consigue que se cumplan todos sus deseos. Yo era por entonces joven y ambicioso y muy poco sabía del bien y del mal...

Tras reflexionar, continuó:

—Me acerqué tan silenciosamente como el lince,

y quedé deslumbrado ante su belleza: sus cabellos se extendían por las aguas como si fueran algas doradas, su voz era tan suave como la de la quena y sus movimientos tan delicados como los de la nube mientras cambia de forma. Debo haber lanzado una exclamación de admiración, porque ella levantó los ojos, que eran muy verdes, y me miró con una expresión de indecible tristeza.

—¿Sabes que por el solo hecho de haberme mirado, conseguirás todo lo que desees? —me preguntó.

Yo, mudo, asentí con la cabeza.

—¿Y sabes —me preguntó— lo que eso significará para mí?

Y como yo, atontado, no supiera qué decir y continuase allí, traspasado de pasión por ella, me señaló:

—Tus sueños tendrán el precio de mi existencia.

Se oyó entonces un sordo rumor que embraveció el aire y se levantaron olas que volvieron negra el agua, como si de su seno hubiera ascendido la Oscuridad a llevarse a aquella criatura de luz. Ella me miró largamente, elevó el rostro al cielo, echó el brazo derecho hacia atrás, como empujando su frente para que se hundiera en el agua, y se entregó a lo profundo del remanso... Y yo quedé allí, sintiéndome el más infortunado de los mortales porque podría tener todas las mujeres que me dictara mi deseo salvo aquella, perdida para siempre como un animal de rara belleza que fuera el último que quedara sobre la Tierra. Todo se me fue dando, pero muy pronto supe que a aquel precio hubiera preferido seguir siendo el joven algo tonto que conseguiría bien o mal sus pequeñas mezquindades, que viviría según su cobardía o su coraje o su suerte... pero sin llevar en el corazón, pesado como una piedra, su mirada verde perdiéndose en la más verde de las profundidades. Jamás, jamás, si escuchan decir que la Madre del Agua vive en una u otra laguna, vayan a molestarla. No es justo que la hermosura deba morir para que nosotros, miserables mortales, consigamos algunas pobres posesiones que el día que seamos devueltos a la tierra ni siquiera podrán acompañarnos.

Fue a través de aquel nostálgico recuerdo que muchos de los jóvenes comprendieron la soledad que transmitía la mirada de aquel hombre.

Como el relato del anciano los había dejado pensativos, el hechicero de la tribu, que parecía perdido en sus pensamientos, levantó la mirada y señaló a un muchacho que pronto cazaría su primera pieza.

—Háblales de tu encuentro, hace unos días, en la quebrada que se interna hacia donde Inti se acuesta.

El joven, que era tímido, tomó unas ramitas y quebrándolas las echó al fuego, del que se levantó un ruidoso chisporroteo. Luego, aclarando la garganta, comenzó:

—Iba yo internándome por la quebrada, pensando llegar a la cumbre para observar los guanacos, cuando en un abra que jamás había visto, donde nace una vertiente caudalosa, me encontré con una joven que cabalgaba, desnuda, sobre una corzuela...

Y alentado por la atención de los oyentes, el rostro arrebolado, baja la mirada, continuó:

—Era hermosa, más alta que yo, blanca como las nubes, de ojos azules y la cabellera de un ama-rillo tan pálido que parecía la barba del choclo. Ambos nos sobresaltamos pero ella, con movi-mientos ágiles, desmontó de la corzuela y me sonrió a la distancia, indicándome con un ademán que no me le acercara. Al verla contra las rocas y los helechos del abra comprendí que era una diosa, pues su cuerpo transparentaba todo lo que había detrás de ella. Me preguntó con voz muy suave quién era yo, a qué pueblo pertenecía, dónde estaba nuestra aldea. De pronto me inspiró tal confianza que terminé hablándole como si fuera mi hermana. Le dije que pronto recibiría mis armas, que quería ser un buen cazador para ayudar a mi familia y a la tribu y así tener muchas esposas y tantos hijos como piedras veíamos en la caída de la cañada. Ella me escuchó con paciencia, volvió a sonreírse y dijo:

—Debo irme, el viento me lleva —montó en la corzuela, siempre cubierta por su larga cabellera y me prometió:

—Serás un buen guerrero, serás un gran cazador, todos tus hijos vivirán para tu alegría. Y esto te será concedido porque tu corazón ha estado libre de malos sentimientos cuando me has mirado, conservando tu virtud y mi respeto. Vuélvete ahora, que no debes verme partir.

Yo le obedecí, pero como estaba de pie junto a la fuente, la vi reflejada en el agua: la corzuela, impulsándose con las patas posteriores, de un brinco alcanzó el cielo. Y entonces comprendí por qué había dicho que el viento la reclamaba: muy lentamente fue transformándose en nube, y poco después ya no pude distinguirla entre las otras...

Con aquel relato terminó la reunión; como la luna estaba alta, cada uno de ellos se retiró a acostarse para soñar con la Madre del Agua. Porque todo aquél que la ha visto —es sabido— queda bajo un sortilegio por el resto de sus días.

El Cerro que truena y el Pájaro-viento

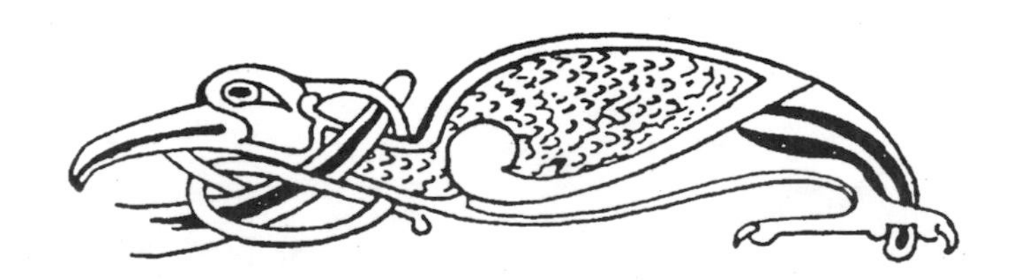

En la provincia de Río Negro se levanta un cerro imponente: el Tronador. Cerca de su cumbre hay dos piedras enfrentadas que están allí desde el principio de los siglos, cuando —dicen los araucanos—, los indígenas eran vigorosos y sus jefes los guerreros del más noble origen.

Estas piedras han sido dos caciques enemigos que comandaban pueblos que allí desaparecieron: los «Lulu» o escarabajos y los que se nombraban a sí mismos «Enemigos no vencidos».

Este último grupo estaba gobernado por un cacique o ulmén llamado Linko Nahuel, hombre de una bravura extrema y sin piedad para sus enemigos: se decía que donde él combatía la tierra bebía grandes cantidades de sangre, y por eso, hasta nuestros días, los mapuches creen que son las más fértiles.

Este cacique defendía su territorio matando o esclavizando a los que se atrevían a penetrar en él sin su consentimiento, y cuando le placía pedía tributo o indemnizaciones.

Los individuos de esta tribu eran de gran belleza y fortaleza, porque desde que nacían se mataba sin clemencia a los niños deformes o débiles o que se negaban a mamar. Y siendo todavía pequeños, se les daba ya carne cruda para chupar, además de la leche materna.

Ellos decían que eran parientes del Sol y la Luna, a quienes llamaban Antü y Kuyén, suponiendo que el primero había nacido de los Andes y la segunda de un lago donde tenía aún su cuna. También creían estos «Enemigos no vencidos» que había cuatro grandes Señores llamados del Aire, que eran los cuatro vientos que causaban muchos males a los indígenas; por eso el Sol y la Luna los protegían. El Sol lo hacía durante el día, porque ambos esposos habían reñido, y ella prefería presentarse durante la noche, mientras Antü dormía.

Linko Nahuel había levantado su campamento en un gran valle sobre el que reinaba una montaña a la que llamaban Amun-kar, ya que era el trono del Dios que gobernaba la región arrojando por su boca fuego, humo y rayos. Todos temían y respetaban a ese cerro, pues la desobediencia a las leyes de los lugares sagrados merecía castigos durísimos.

Un día la aldea de Linko Nahuel vio que espesas columnas de humo se elevaban de los divisaderos desde donde se vigilaba para que el pueblo no fuera sorprendido por una invasión.

Poco después llegaron los mensajeros: «¡Se acercan miles de enemigos!», gritaban, y «¡Nos han declarado la guerra y dicen que van a exterminarnos!»

Y señalando hacia la base de la montaña dijeron con agitación:

—Son miles y miles de pequeños hombres, hombres como jamás se ha visto. Pretenden ocupar la Tierra de los Espíritus, la Montaña Sagrada. Muchos de ellos ya han comenzado a escalarla...

—Son seres deformes, pequeños y feos como escarabajos...

El cacique Linko Nahuel se enfureció al saber invadida la Montaña Santa; llamó de inmediato a los más destacados jefes y a toda su gente, incluyendo a las mujeres, porque las araucanas ayudaban a sus hombres como otras tantas guerreras, y les ordenó:

—Píntense del modo más horrible, colóquense las plumas más largas, cúbranse con el cuero del tigre, y cuando nuestros emisarios se entrevisten con los jefes de esos enanos provóquenles miedo con la sola mirada.

Todos pensaron que con seguridad aquellos hombres-escarabajos quedarían aterrados ante la presencia de los fuertes y hermosos guerreros del «Pueblo no Vencido», pero poco después los mensajeros volvían furiosos y humillados.

—No quieren retirarse. Nuestra Montaña les agrada y dicen que allá se asentarán. No nos tienen miedo, nos responden con insultos, no le temen al

Dios de la Ira. Se han burlado de su fuego, de su rugido y de sus enojos, que hacen saltar las aguas y temblar la tierra. No te temen, Linko Nahuel; jamás han oído hablar de ti y se han reído de nuestras amenazas. Dicen que se llaman «Lulus», y son tantos como los granos de arena que nos rodean.

No era posible aceptar tamaña injuria, así que los guerreros tomaron sus armas y fueron a escarmentar a los intrusos, pero no avanzaron mucho: los hombrecitos, socarrones, les arrojaron flechas y lanzas diminutas, pero en tal cantidad que la gente del valle no podía esquivarlas. También era imposible acercarse a sus filas, pues estaban parapetados detrás de murallas de nieve y rocas, abrigados en su pequeñez en profundas quebradas tan angostas que los gigantescos guerreros del valle no podían moverse en ellas. Y cuando pretendían ganar alguna posición, los Lulu, riéndose, lanzaban sobre ellos aludes que los hacían rodar hasta el pie del santuario.

De pronto los pigmeos simularon huir, y atrajeron a los hombres del llano hacia el medio del cerro, donde residían los espíritus de sus antepasados: eran tierras prohibidas que jamás deberían haber sido pisadas.

Creían ya los guerreros que la victoria era de ellos, cuando los impredecibles Lulu saltaron de todas partes y los atacaron furiosamente, haciendo en poco tiempo una gran matanza y muchos prisioneros; entre ellos el Supremo Ulmén. Al quedar sin conducción, la gente de Linko Nahuel huyó en busca de refuerzos, enviando a todos los pueblos del valle los «Corredores de la flecha», encargados de hacer circular una flecha ensangrentada que era la manera de advertir sobre el peligro y exhortar a combatir contra los invasores.

Pero para perjudicar más al Enemigo no Vencido, los cuatro Jueces de los Vientos riñeron, provocando tempestades y huracanes, convirtiendo la nieve en duro hielo, haciendo que el lago se encabritara, se desbordara y arrastrara a los guerreros hacia las partes bajas de la montaña. Pocos se salvaron: los que no fueron arrollados o cayeron a las profundidades de los abismos, fueron convertidos en fragmentos de hielo que jamás han conseguido deshelarse: desde entonces se los llamó penitentes.

Mientras tanto, en la cima del Amun-kar, el grotesco jefe de los Lulu decidió qué castigo daría al orgulloso pueblo de Linko Nahuel y comenzó por llamarlos oprobiosamente «Enemigos Vencidos».

—Los llevaremos a la gran boca de la montaña, les ataremos manos y pies y los arrojaremos al abismo de su vientre. El Supremo Ulmén será el último, para que sufra contemplando la agonía de sus hombres. Veréis entonces que el Dios He-chicero que habita el volcán no salvará a ninguno, porque los ha abandonado: nosotros lo hemos vencido.

Y arrastraron montaña arriba, a la cumbre prohibida, a Linko Nahuel y a sus capitanes. Allí se les impusieron tormentos atroces antes de ser arrojados al hueco que parecía la boca de un ser sobrenatural.

Pero junto al aullido desesperado de los que caían, se oyó un sonido ensordecedor y el fuego surgió por todos lados, abriendo canales bajo los pies, lanzando rayos verdes y amarillos, convirtiendo a los hombres en humeantes tizones tan rápidamente como el fuego consume las hojas secas. Los que se salvaron se envenenaron con el aliento hediondo de la montaña, que lanzó una masa de espeso líquido que roía la carne hasta blanquear el hueso.

Todos fueron castigados, los del pueblo del valle y los lulus montañeses: la misma espantosa muerte los alcanzó, porque la furia de los dioses no siempre es selectiva. Demasiado iracundo por haber sido ofendido, el Dios de la Montaña se libró así de los intrusos.

Por raro designio sólo quedaron vivos los dos jefes, a quienes el Dios del Trueno quería castigar ejemplarmente por la audacia de haber penetrado en terreno santo armados y en son de guerra.

Los sentó frente a frente, muy cerca, para poder arrojarles fuego y materia viscosa de sus intestinos en señal de enojo.

—Mis armas son el fuego, el trueno y las llamas —exclamó.— De ahora en más, ningún ser vivo pisará mi reino.

Desde aquel día Amun-kar humeó mientras los espíritus Pillañ —genios protectores de la raza, las almas de los más bravos guerreros del Más Allá— se divierten arrojando por sus laderas bolas de fuego mientras él, aplacado pero no calmado, hace rugir sus entrañas constantemente en un rezongo sordo y maligno que llena de temor a los habitantes del valle. Eternamente iracundo, la gente ha dado en llamarlo Tronador.

Y en la cumbre, a pesar de los siglos transcurridos, ambos reyes —el hermoso y altanero Linko Nahuel y el pigmeo y repulsivo rey de los Lulu— esperan con paciencia de piedra que el Dios aquel se duerma para poder resucitar y comenzar nuevamente la lucha. Pero como los Pillañ, con su impredecible comportamiento, siguen por allí, nadie puede subir a visitarlos, quedando condenados a sempiterna soledad.

Sólo el pájaro del viento, el Fürüfühué, de voz tan sonora que llega a regiones que no conocen la pisada del hombre, se compadece de ellos; cuando sale de su secreta morada —cosa que sucede rara vez— vuela sobre los altos picos cantándoles su Ül, una canción triste y bella. Jamás ha sido molestado por el Espíritu de la Montaña que, embelesado, lo deja cantar sobre sus dominios.

Así, los pobladores del valle saben que mientras el Fürüfühué vuele rodeando las cumbres, pueden dormir tranquilos en sus chozas, pues el Tronador no mostrará su ira teniendo cerca al legendario Pájaro del Viento.

El árbol de la lluvia

En una época muy anterior a la llegada de los conquistadores, vivía en el norte de la que hoy es la provincia de Santa Fe una tribu de indígenas, de los llamados «matacos».

Entre este grupo de familias sobresalía una jovencita bondadosa pero algo esquiva, bonita además, y callada. Se llamaba Sisa —Flor, en su idioma— y era la hija más amada del cacique porque, además de su dulce carácter, sabía curar y tenía paciencia para atender a los enfermos. Entre otras cosas hilaba muy bien y gustaba de preparar tinturas, cuyo secreto sólo conocían ella y las plantas de las que las obtenía: sus teñidos eran espléndidos, con una calidad de matices que asombraba a los que los veían.

Por todas estas cosas el pueblo entero, además de los de su sangre, la amaban.

Ella, que era solitaria por naturaleza, pasaba días y días encerrada en la choza de su padre confeccionando finos hilados que luego teñía de amarillo, su color favorito: con flores amarillas se adornaba la cabellera corta y negrísima, y siempre, por una razón u otra, lo usaba en su ropa o en sus adornos.

Así era como Flor pasaba días enteros; solitaria pero no huraña, cuando salía visitaba a todos, averiguaba si había enfermos y de qué padecían. Luego se metía en el monte y caminaba entre las plantas hablándoles e interrogándolas sobre qué remedio elegir y cómo debía usarlo, y cuál planta sería buena para curar esto o lo otro. A cambio, ella prodigaba pequeños cuidados al bosque: cortaba las ramas secas o enfermas que debilitaban a la planta, buscaba agua para regarlas en época de sequía...

Se producía una rara circunstancia cada vez que Flor salía de su choza y paseaba por el campo: al otro día llegaba la lluvia. En una región castigada por largas sequías, Sisa era una bendición, y si el agua se demoraba en llegar, los vecinos se juntaban e iban a pedir a la joven que fuera a hablar con el monte para que con el lenguaje misterioso de la Naturaleza pidiera a las nubes que se compadecieran y viniesen a descargar el agua sobre ellos. Flor reía ante el pedido, danzaba entre los amigos y alrededor de las chozas, y danzando entraba en monte. Al otro día, infaltablemente, llegaban las nubes.

Pero un día la joven enfermó de algún raro mal que ni los médicos brujos de la tribu podían exorcizar. Y Flor tuvo que permanecer encerrada en su vivienda, inmóvil en la oscuridad, tan débil que le era imposible levantarse, tan enferma que su padre se negó a que la sacaran en angarillas a tiempo que se rogaba por la lluvia.

Los matacos, tristes y asustados al verla así —¿quién llamaría a las nubes ahora?—, hicieron sacrificios a sus dioses, llamaron a los buenos Espíritus para que se compadecieran de la joven, para que llegaran las lluvias... pero nada se lograba, una indiferencia enorme respondía a sus súplicas.

La sequía comenzó a atormentarlos; las nubes, cruzadas de relámpagos, cargadas de truenos, pasaban sobre sus cabezas sin derramar una gota. La tierra, reseca, se abrió primero en surcos, luego en costras, como si se le hubiera enfermado la piel. El aire se volvió turbio por el polvillo que levantaba el paso de un hombre o un animal. A los niños y a los ancianos se les dificultaba respirar; los animales que les proveían de caza desaparecieron hacia regiones más verdes, por lo que ellos comenzaron a sufrir el hambre, y los menos fuertes murieron. Las plantas mostraron primero hojas como palmas que imploraban al cielo, luego hasta las hojas cayeron y las ramas comenzaron a dar el tristísimo espectáculo de un bosque moribundo.

El río, siempre dispensador de vida, se convirtió en un cauce barroso donde los peces que no habían atinado a bajar al Paraná se retorcían boqueando en cruel agonía.

Y como si marchara al mismo paso que la sequía, la jovencita se consumía junto con la naturaleza.

Un día llegó viento del norte, el viento seco y caliente que enloquece a los animales y a las personas, el viento de la sed. Y aquel viento color ocre —no del color amarillo que tan feliz hacía a Sisa— se llevó el alma de la niña, aquel espíritu más afín al de las plantas que al del hombre.

Desesperados ante el cuerpo consumido como el más miserable de los arbustos, todo el pueblo lloró pidiendo a la Madre Tierra —de la forma en que ellos la nombraran— que devolviera la vida de la niña. Todo fue inútil: el silencio, el viento, el calor y el polvo les contestaron. Mirando a su alrededor, comprendieron que si la lluvia no llega en unos días, tendrían que emigrar a regiones que les eran adversas, donde serían atacados por otras tribus que los considerarían invasores.

Triste fue el término de aquel día y la noche fue de lágrimas, pero cuando amaneció con ese color muerto que tanto desaliento infunde en el ánimo de los hombres, una mujer que salió de su choza levantó la vista y, maravillada, vio un arbolillo desconocido que parecía haber crecido de la noche a la mañana. Al acercarse, curiosa y algo temerosa, descubrió que de sus ramas colgaban graciosas campanitas de un amarillo fuerte y vivaz: el color de Sisa.

La mujer corrió por el pueblo despertando a todos con sus gritos, diciéndoles que salieran a ver el prodigio, y la tribu se juntó, pasmada y muda, ante el arbolito: en medio de la tierra agotada, lucía hermoso, fresco, vivo, verde... como si no necesitara del agua para florecer.

El cacique, traspasado de dolor, dijo con voz temblorosa:

—¡Es Sisa, mi flor!

Pero el médico brujo sentenció:

—Es un regalo de Sisa.

Ese día no sintieron sed ni hambre. Se encerraron en sus viviendas como en oración, esperando que el arbol aquel, como la joven antes, les acercara la lluvia.

La mañana siguiente no pareció llegar nunca, hasta que alguien se dio cuenta de que, en realidad, la luz del día no se veía porque negros nubarrones, pesados de agua, iban cubriendo lentamente el confín del firmamento.

La lluvia que a poco se desencadenó fue abundante y duró días. La gente volvió a oír el agua bajando desde el riñón de la región que llamaban chaco, devolviéndoles los peces y el sustento.

En poco tiempo los animales regresaron y el clima tornó a ser lo bastante propicio para que, sin grandes dificultades, la tribu pudiera subsistir.

Y con el paso de los siglos aquel arbusto, don concedido por Sisa para unos, Sisa renacida en una planta para otros, crece en una vasta región asombrando por su caprichoso comportamiento: cuando va a llover brotan de sus ramas yemas amarillas, no importando si es la estación adecuada: simplemente florece para anunciar el alivio de la lluvia. La tribu lo llama, hasta el día de hoy, Huiñaj.

El Candiré

Habían perdido la cuenta del tiempo que llevaban marchando desde que, por algún accidente desafortunado, quedaron separados del resto de los suyos. Eran un grupo de bizarros conquistadores españoles que avanzaban a través de la tupida floresta guaraní, un territorio de ignotos demonios, paisaje que se les imponía como una pesadilla. Avanzaban haciendo mucho ruido para tapar el miedo a las serpientes-pájaro, a las mujeres-macho de un solo seno, a los trasgos que se materializaban desde la espesa hojarasca y a las tenebrosas andiras, aquellos murciélagos infernales de dos metros de envergadura.

En las noches de campamento contaban historias obscenas de la patria chica (Galicia, Cataluña, Castilla, Andalucía), evitando dolorosamente recuerdos amables y canciones de cuna.

Tan ciegos se dirigían a la Tierra de Ninguna Parte, que quedaron inmovilizados al toparse súbitamente con un grupo silencioso, de hombres morenos con genitales colgantes, las hembras con tetas enormes y todos de combados vientres.

Ambos bandos se miraron, pero era evidente que los indígenas les llevaban la ventaja de haberlos oído llegar, y el hecho de no esquivarlos magnificaba la decisión de enfrentar a los invasores.

Bien se veía que no les temían, lo cual asustaba a los barbudos y armados exploradores: más que en sus fuerzas, éstos confiaban, como los conquistadores de todos los tiempos, en el miedo que despertaban.

Y era muy extraño que no les temieran, pensaron los españoles, desnudez contra armadura, pigmeos contra gigantes, desde entonces oscuros contra blancos.

A través del claro que los separaba se observaron a distancia, los hispánicos oteando las hembras. ¡Qué bellas y apetecibles parecían después de tan forzada abstinencia! Eran morenas, menudas y redondeadas, y como todas las mujeres del mundo, curiosas y atrevidas. Algunas reían silenciosamente de los rubios gigantes con algo parecido a la barba del choclo colgando de sus quijadas. ¡Y tan cubiertos y avergonzados de su triste condición de pálidos!

Los guerreros con piel de metal retrocedieron, y después de observarlos, pensaron que si no habían atacado aún —en forma de emboscada— ya no lo harían. Podían pasar a los hombres a cuchillo —planearon— y conservar las mujeres para que los acompañaran en aquella gesta cuyo sentido habían olvidado. Pero ellos mismos eran conscientes de que aquello era algo tramado sin ganas, como si sintieran que debían primero demostrar su peligrosidad para después aceptar el pacto necesario. Uno de los soldados, sin ganas de enredarse en combates, sugirió retroceder y ceder el claro a sus adversarios, pero el cabecilla de aquella turba de desharrapados dijo que él no retrocedía un paso hasta que no viera el mar océano.

Y en el silencio que se hizo, otro de los hombres se atrevió a decir:

—Pero tenemos hambre...

Se volvieron a mirar a los infortunados que ignoraban qué desdicha era no ser español, y les parecieron robustos y muy saludables. Seguramente para ellos no sería problema conseguir qué manducar de aquellas llamativos y potencialmente venenosos frutos.

Y así, la buena índole de la gente oscura y la necesidad de los blancos hicieron el resto: podría decirse que estos últimos fueron adoptados.

Comenzó entonces el peregrinaje —siguiendo a la tribu— por aquella maraña misteriosa cuyos caminos sólo obedecían al «ábrete sésamo» de los aborígenes. Ellos preferían pensar que protegían a la tribu con sus oxidadas espadas —desde el principio, América conspiró contra los héroes blancos—, pues aún soñaban con ser Lanzarotes y Percevales, Amadises y Campeadores.

Los años pasaron, y los recordaban como «el año en que las hormigas declararon la guerra», o «el año que desaparecieron las corzuelas», asustadas por peligros ignorados. Hubo también un año en que la luna, para terror de todos, cubrió al sol «como un padrillo», y aquel otro terrible año en que las aguas se enfurecieron, amenazando cubrir la tierra entera porque un soldado las escupió por descuido.

El pueblo indígena se movía arbitrariamente, a veces vadeando, a veces dejándose llevar por «la mano del río».

Con la convivencia, ambas razas terminaron construyendo un rudimentario andamiaje de palabras para entenderse ya que el puente de la cópula no había presentado problemas, apareciendo como por encanto niños morenos de ojos azules o niños blancos de pelo lacio y grueso y de narices chatas.

Con las pocas frases aprendidas, los españoles se atrevieron a preguntar por qué iban de un lugar a otro en vez de fundar una ciudadela y fortificarla contra enemigos y animales depredadores.

Con estupor, los guaraníes los miraron largamente y rieron; (pobrecitos ignorantes), no deseaban ofenderlos, pero ¿no sabían que la Tierra era la dueña de todo lo que había sobre ella?

Con renuencia, los blancos aceptaron esto, pero de cualquier forma preguntaron por qué vagar y vagar por esta selva asfixiante e incómoda. ¿Por qué, insistieron, no buscar un rinconcito despejado a la vera de alguna apacible laguna y quedarse allí de una buena vez?

¿Es que no sabían, respondieron los guaraníes, que tenían que ir detrás del Candiré?

El Candiré... Sentados alrededor de la fogata, las piernas recogidas por los brazos velludos, los españoles masticaron aquel vocablo nuevo, por primera vez oído. Al fin el cabecilla carraspeó y preguntó gentilmente:

—¿Y qué ha de ser el Candiré?

Hubo una baraúnda de réplicas y discursos inentendibles, hasta que uno de los ancianos dibujó sobre las cenizas con una ramita verde, y todos callaron.

El Candiré, explicó, era la suma de todo lo anhelado. Cuando lo encontraran (no «si lo encontraban») serían felices, prosperarían, no habría que cazar o pescar para sobrevivir, ni marcarse la frente con la sangre del anta o del yaguareté para que los Espíritus de la Selva no los persiguieran. En fin, serían felices, sanos y ricos, además de poderosos.

Días y días los españoles interrogaron a sus amigos morenos mientras conseguían la comida diaria, hacían el amor, curaban a los otros o pulían sus armaduras, ya tan deterioradas... y por qué no decirlo, francamente incómodas.

Y después de sopesar lo que habían escuchado, y obsesionados por el oro, supusieron que sería una especie de El Dorado en unión con la Fuente de Juvencia, que por aquellas tierras se encontraban, según les habían contado en el barco. Y deslumbrados, supusieron que siguiendo a la tribu encontrarían ambas quimeras: sólo era cuestión de tiempo que dieran con ellas.

Los años pasaron sin que las encontraran, y cuando el lenguaje común se fue robusteciendo la gran interrogación seguía siendo: ¿por qué no daban con el Candiré? Y la sencilla explicación era: había que buscarlo, la búsqueda era parte del ritual del encuentro; el Candiré no podía ser alcanzado sin esfuerzo, había que imitar el camino del alma a través de vidas sucesivas en pos de la perfección.

Bueno, pensaron los blancos, aquello parecía significar que «Ellos» —los guaraníes— sabían más o menos dónde estaba El Dorado. Sólo tendrían que esperar que dieran la cantidad de vueltas que considerasen necesarias. De cualquier forma, la vida no era mala así. Y de vez en cuando se juntaban de noche, en un remedo masónico, junto a unas pálidas ascuas, y hablaban en murmullos de la patria lejana y ya irrecuperable, hecho no aceptado todavía. E imaginaban conquistas fabulosas, batallas homéricas, reinos de esmeraldas descomunales, Juvencia, El Dorado y el País del gran Cipango. Y concluían recordando mujeres del terruño y convertían pieles groseras, toscos cabellos, ojillos legañosos y dentaduras carcomidas en cutis de alabastro, dientes de perlas, ojos de azabache, labios de rubíes, cabelleras de sedas de Oriente... para terminar regresando a sus cálidas, oscuras y mucho más complacientes mujercitas tribales.

Y varios años después, cuando habían superado el ciclo del agua desbordada y el lenguaje carecía de misterios —salvo por un algo filosófico que aún se les escapaba—, regresaron al claro del bosque donde se habían encontrado por primera vez.

Algo se atascó en el engranaje de los sueños de los hispanos. Y con mucha paciencia hicieron ver a sus amigos morenos que no era factible encontrar algo donde ya se había buscado inútilmente.

Los guaraníes les contestaron que el Candiré también deambulaba por el bosque; solamente tenían que esperar que los Buenos Espíritus los ayudaran a coincidir en algún lugar inimaginable.

¿Es que acaso el Candiré, se sorprendieron los españoles, sería un animal mágico, como el gran Ciervo Blanco que guiaba a los caballeros artúricos en la búsqueda del Santo Grial?

Los indios les aseguraron que no era ninguna bestia, era una Cosa.

Ya se acercaban más. ¿Una cosa como qué, con qué aspecto?

Una cosa como el Candiré no podía tener aspecto.

¿Una cosa sin aspecto?¿Es que Ellos no comprendía qué era «cosa»?

Pues bien, quizás la Cosa de Ellos no era la misma Cosa de los Otros.

Eso desconcertó aún más a los españoles, que desde la ignorancia del idioma habían seguido un camino titubeante a través de las palabras hasta arribar a una zona donde los términos parecían compatibles. Y cuando creían todo entendido, se daban con que estaban nuevamente como al principio... y no meramente desde una situación geográfica.

Insistieron: si la gente del Pueblo buscaba Eso, esa Cosa, ese Candiré, tenían que saber al menos a qué forma respondía.

No necesariamente, contestó uno de los ancianos, pues el Candiré era de tal condición que en cuanto lo encontraran, no tendrían que adivinar: se impondría por sí mismo.

Los Otros —los españoles— les rogaron que repitieran qué sucedería cuando lo hallaran, con la esperanza de dilucidar el aspecto de la cosa por la certeza del efecto.

Serían sabios, dijeron Ellos, serían sanos; la caza, la pesca, serían innecesarias. Y con la mirada turbia de codicia enumeraban tantos dones: desaparecerían la vejez, la impotencia, el hambre, el dolor de deambular... Ellos mismos desaparecerían.

«¡Desaparecerían!», gritaron los Otros. Por Dios y los Santos y los Infiernos también, ¿es que no temían desaparecer? ¿Estaban renegando de la inmortalidad del alma?

Los ojos velados se volvieron a enfocar morosamente en los Otros.

No, les aseguraron, no temían desaparecer y no, no renunciaban a la pizca de inmortalidad que les pertenecía...

Comprendiendo al fin que no comprendían nada, los más aventurados de entre los españoles decidieron abandonar la tribu y marchar hacia el poniente donde —les habían dicho Ellos— existían enormes ciudades de piedra y más allá el fin de la tierra: una laguna sin fronteras hacia el sur, el norte y el oeste. También ellos vagaban en círculo, buscando inútilmente su propio sueño.

El resto de los españoles quedaron con el Pueblo, adoptados y adaptados; conformes y encariñados con sus mujeres y sus hijos, ya sin ilusiones sobre ciudades de oro y plata y fuentes de eterno vigor. Y aunque hacían un esfuerzo por recordar a su Dios, a su Patria y a su Rey, sospechaban que aquella trinidad se hubiera desentendido de ellos.

Fue mucho tiempo después que el grupo que se había dirigido hacia occidente encontró, cerca del Cuzco —en la zona de las grandes cons-trucciones incaicas— a uno de los compañeros que había elegido permanecer con la tribu. En un día de fiesta, ovillado a la sombra del muro sagrado, el aparecido tenía la mirada doliente de un huérfano ya sin esperanzas.

Hizo falta mucha chicha y harta coca para devolverle el habla, pero cuando lo hizo sus compañeros pensaron que la selva de las amazonas le había hurtado la razón, pues la historia que contó era insólita y terrible en su simplicidad: el pueblo entero había desaparecido, y con ellos los cristianos.

Con lágrimas rodándole por las mejillas inflamadas por las feroces picaduras de los insectos de la selva, el infeliz les relató lo sucedido: él, dijo, había ido hasta el río, y cuando regresó se encontró con que todos habían desaparecido: al fin habían coincidido el Pueblo y el Candiré en el lugar sin nombre. Contó que pudo oír las voces jubilosas del encuentro, las risas que iban desvaneciéndose en el aire, perdiéndose en la floresta. Y nadie, nadie, sollozó, se había acordado del tonto que fuera por agua al río...

Así el Candiré pasó de boca en boca, muerto a veces como vocablo, reapareciendo en diferentes pueblos, pronunciado por labios que ignoraban su significado cada vez más arcano: rescatado por jesuitas, extraviado por franciscanos, resucitado por daneses, ignorado por españoles. Siglos enteros hundiéndose en las aguas del olvido, ascendiendo ocasional e inesperadamente en el marasmo de las crónicas.

Su significado sigue siendo ignoto, pues los que llevan sangre de europeos nunca pudieron entender qué es, y los guaraníes lo olvidaron.

El santo sin nombre

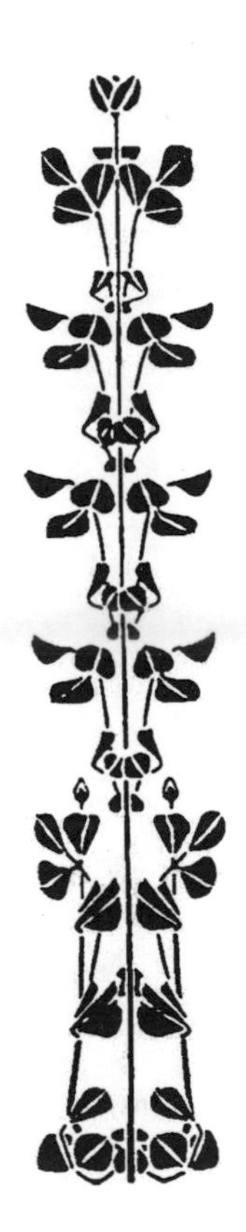

Cerca de San Javier, en Misiones, hay un cerro al que llaman el «Cerro del Monje», porque en él está sepultado un ermitaño junto al oratorio que él mismo levantó. Nadie conoce el nombre del santo, pero dicen que cuando los jesuitas fueron expulsados de las Misiones Guaraníes, un sacerdote que amaba entrañablemente a aquella tierra y a aquel pueblo se escapó al monte y se escondió en él. Muchos años estuvo no se sabía dónde, viviendo en la selva como un penitente, protegido por la voluntad de Dios, ya que ninguna de las tribus hostiles lo dañó, ya que ninguna fiera lo atacó.

Un buen día apareció por San Javier: traía una larga barba, un cayado y una ovejita; al hombro, todas sus pertenencias cabían en un zurrón, y la mayoría eran los objetos del culto. Ya era un anciano. Contaban después que había intentado levantar el oratorio en un lugar llamado Ñacurutú —nombre guaraní del gavilán nocturno—, pero los brasileños no querían a los jesuitas, así que le negaron el permiso.

Fue por eso que, peregrinando por años en los oscuros corredores de la jungla, el monje llegó a aquel cerro y le gustó y lo subió; una vez en la cima, vio tantas cosas hermosas —paisajes grandiosos, el techo de la selva, el correr pesado de las grandes aguas del Uruguay— que se sentó en una piedra y comprendió que había encontrado el lugar que anhelaba para sus santos y para él.

Lo primero que hizo fue armar una cruz de madera para orar ante ella, pero al clavarla en tierra una vertiente de agua muy clara surgió del hoyo. El monje se arrodilló, bebió y dio gracias a Dios, porque era la señal con que Él, acordando con su deseo, le hacía saber que el lugar era bendito.

Al otro día, pacientemente, fue acarreando piedras, alijando madera, embadurnándose las manos con la nobleza del adobe; su único pensamiento era levantar, no importaba cuánto tiempo le llevara, un oratorio, y luego un rústico refugio para él.

Una noche, sentado a la lumbre de la hoguera en la que cocinaba las hierbas y raíces que eran su alimento, vio en la oscuridad los ojos espejados de un animal carnicero.

Lo llamó con voz apaciguadora y pronto salió del monte un tigre, un yaguareté moteado y cauteloso. El monje puso en su escudilla un poco de leche y se la ofreció; el tigre bebió y luego se echó cerca de él a dormir.

A la mañana siguiente, el yaguareté buscó una cueva cercana y venía todos los días a acompañar al monje, siguiéndolo como si fuera un animal doméstico: ninguna fiera se atrevió desde entonces a acercarse al ermitaño, que todas las noche le daba al animal su escudilla de leche.

La construcción de la ermita adelantaba mientras el monje y sus animales vivían en paz: el monje trabajando, la oveja brindándoles leche y vellón, el tigre cuidando de ellos.

Otra noche oyeron un siseo en la oscuridad y el ruido atemorizador de algo grande y largo arrastrándose entre las hojas acumuladas sobre el suelo. Los tres ocupantes de la punta del cerro dejaron de comer y a poco vieron aparecer una enorme serpiente, de las que raras veces abandonan la proximidad de los ríos: era la mítica anaconda, con sus diez metros de largo y su cabeza cónica y aplastada, recubierta de escamas irregulares, de color gris verdoso con enormes manchas negras sobre el lomo, disfraz que le permitía mimetizarse con la espesura del monte. Por el tamaño, parecía capaz de tragarse un pecarí.

Seguramente había visto la luz de la hoguera, y con esa curiosidad de lo silvestre, había trepado a observar a los intrusos que ocupaban la cima del cerro. También esta vez el santo le habló suavemente y en una escudilla más honda puso leche para la gran víbora, que la tomó, se enroscó a un árbol y se quedó a dormir con ellos. Con el paso del tiempo, los tres animales y el monje vivían juntos y pacíficamente.

El oratorio estaba terminado, y en él el sacerdote puso, sobre el modesto altar, dos santitos de madera que siempre llevaba consigo: uno era el Señor del Desierto y el otro la Virgen María, tan amada por la Compañía de Jesús. Sus rostros ingenuos y coloreados miraban hacia la puerta, y la puerta miraba hacia Brasil, donde les habían negado cobijo; cuando cruzaba el horizonte el primer rayo de sol, el sacerdote levantaba hacia el pequeño sagrario dorado, de factura indígena, el cáliz de la consagración.

Una mañana subió la cuesta una joven india montada en un burro; llevaba una criatura en brazos y dijo que tenía sed. El monje le dio agua de la vertiente, diciéndole que debían agradecer al Señor por aquel don; la mujer pidió después con qué abrigar a su niñito, porque venía desnudo y comenzaba el invierno, y el monje le dio su única manta, tejida con la lana de la oveja. Pidió la joven leche para su hijito porque, explicó, con el cansancio de la huida —escapaba de los temibles mamelucos portugueses— sus pechos se habían secado. El monje se la brindó en el cáliz que consagraba la hostia, y ella, paciente, fue dando al niño gota por gota, hasta que el pequeño se durmió de hartazgo.

El monje le preguntó hacia dónde iba, y ella señaló hacia Santo Tomás, que había sido otro pueblo misionero.

—Vuelvo a mi primer hogar —dijo.

—El tigre y la anaconda te seguirán: con ellos nadie, ni hombres ni fieras se atreverán a atacarte.

Ella le agradeció y subió al burrito, recibiendo del monje al pequeño, que aquél acunaba con una canción de cuna de la tierra en que naciera, ya olvidada.

Y en el momento de partir, la joven india se transformó en una doncella de raza blanca y de cabellos castaños, cubierta con un manto celeste.

—Soy la Madre de Dios, y éste es mi hijo Jesús. Porque has sido bueno con nosotros, porque vives en paz con la selva y con los animales, tendrás el don de ayudar a otros. Nada te dañará. La gente te recordará siempre, y aún cuando pasen cientos de años tu capillita perdurará, levantada en tu recuerdo una y otra vez por los creyentes. El agua que Dios te ha regalado será bendita, y la cascada en que te bañas curará muchos males. Hasta el barro de la ribera servirá para hacer el bien: seco, lo molerás y lo emplearás para cerrar las heridas profundas, las que se hacen con el acero... —y sonriendo, le prometió:

—Alrededor de tu alma sólo habrá armonía.

La Virgen desapareció y el monje, asombrado, pensó que había tenido una alucinación... hasta que vio marcada sobre la piedra en la que ella había pisado para montarse en el burro, la huella indeleble de su divino pie y el casco del animal que la transportaba. Entonces comprendió que en verdad la Virgen lo había visitado, que los dones que le había prometido le serían entregados y en su recuerdo, esculpió una imagen de ella en piedra, con el rostro indígena lleno de amor por su hijo moreno.

Los enfermos y los afligidos comenzaron a llegar, pidiendo al eremita que tuviera compasión de sus desgracias: y él repartía el agua de la vertiente a cuantos quisieran, porque devolvía la vista, hacía desaparecer la tos y permitía que los dedos de los viejos, ya crispados, retomaran la flexibilidad. También vinieron de la lejana ciudad de las Siete Corrientes unos padres llenos de aflicción, trayendo un niño que les había nacido con cuernos: el agua bendita y las oraciones del monje los hicieron desaparecer. A semejanza de San Juan Bautista, prefería dar las aguas de cristianar en el río o en la cascada antes que en la oscuridad del oratorio.

La gente quería dejarle dinero, oro, plata, pero él les decía que no, que le sobraba de lo que necesitara, que con eso ayudaran a sus vecinos: rara vez lo complacían.

Con el tiempo, para Semana Santa, muchos subían al Cerro y mientras los peregrinos oraban, el tigre se paseaba entre ellos como si fuera un perro manso y la anaconda dormía al sol, casi olvidada de su morada acuática. Nunca hicieron mal a nadie.

Pasaron los años, hasta que un promesante que llegó a la ermita encontró al fraile muerto, acostado en el suelo con las manos cruzadas sobre el pecho sosteniendo un pobre crucifijo; lo velaban el tigre, la oveja y la víbora.

El peregrino avisó a la buena gente que vivía al pie del monte: lo enterraron entre el oratorio y la pequeña casa de piedra, como él había pedido; muchos años después, alguien encontró el cráneo fuera de la sepultura, y lo colocó en el altar, entre el Señor del Desierto y la Virgen María y entonces se multiplicaron los milagros.

Los brasileños, envidiosos, comprendieron que sólo les habían quedado los terrenos maldecidos. Se decía que éstos lucían verdes y hermosos, con altos pastos y buen riego, pero ninguna res conseguía vivir allí: todas morían muy pronto de enfermedad, o feroces animales las diezmaban. Durante mucho tiempo aquellas tierras pasaron de mano en mano, de propietario en propietario, para quedar por fin abandonadas, conservando por siempre un engañoso aspecto de fertilidad.

Además de envidiosos, resentidos por todo esto, los brasileños cruzaron el río, incendiaron el oratorio y se llevaron las imágenes y la calavera para Brasil, pero allí no producían milagros.

Otros dicen, en cambio, que la Virgen de piedra cobró vida, despertó al monje mientras dormía la muerte y ordenó a su alma que la siguiera al cielo.

Él obedeció.

Esa misma gente dice que el oratorio se quemó a causa de las velas que encendían los promesantes, pero como era la voluntad de la Madre de Dios, una y otra vez, a través de los siglos, fue reconstruido.

Dicen que si alguien de mal corazón se acerca a la vertiente del Cerro, la fuente le niega el agua, y a pesar de que han sido muchas veces robadas, las dos modestas imágenes de madera regresan una y otra vez.

La ovejita desapareció con el monje y nadie la volvió a ver, pero el tigre se quedó cerca, viviendo en una cueva que hasta hoy llaman «La cueva del tigre»; la anaconda regresa cada tanto, quizás recordando al hombre bueno que le diera un tazón de leche.

A veces, cuando se pierden niños en la selva, encuentran a un monje de hábito, barbado y dormido sobre la hierba. Al acercarse a él, el monje desaparece en el aire, pero aquello es señal de que encontrarán el camino de regreso.

Y esta es la historia del Cerro del Monje y del jesuita que lo habitaba. Nadie recuerda su nombre, del cual no quedó crónica, pero la gente de por allí lo nombra santo. Y así ha de ser, porque el Todopoderoso no necesita partida de nacimiento para conceder la santidad.

Apéndice

Ojos verdes, corona silvestre

La llegada de los españoles a América generó una nueva serie de situaciones dramáticas y, por ende, nuevas leyendas derivaron de ellas.

Fue bastante común el relato de amores prohibidos, y casi siempre trágicos, de mujeres blancas con varones de otras razas, amores a veces compartidos por ambos componentes de la pareja, otras forzados, según la tradición, porque ellas fueron raptadas y mantenidas prisioneras a la fuerza. La «Lucía Miranda» del Río de la Plata, la desgraciada María Magdalena, de nuestro «Indio Bamba» y la Julia de la hermosa novela de Rodolfo Falcioni «El hombre olvidado», abarcan entre las tres el inicio de la conquista y el final de la lucha contra los indígenas, a fin del siglo pasado. Ellas pertenecen, entre otras historias de amores violentados, desgraciados o traicionados, a la legendaria lista de mujeres que, en casi todos los casos, se llevaron a la tumba el secreto de si eran víctimas o cómplices de sus raptores.

Esta leyenda de Traslasierra me llegó a través de varias personas: María Eugenia Laguinge fue la primera. Carlos Presman me la confirmó al volver de una de sus excursiones de pesca al Champaquí. Por fin, con el aporte de otros amigos nativos de San Javier, armé la trama. Me extrañó la similitud de todas estas versiones con un cuento de Lugones, «Águeda». Su relato transcurre a fin del siglo XVIII, y el raptor es un bandolero, pero básicamente la historia es muy semejante. Lugones deja abierto el interrogante final: ¿Mató el padre a su hija junto con el raptor o, como él apuesta, fueron dejados en paz en la soledad de las tierras del Champaquí?

El fruto azul del siempre regresar

Fascinados por la belleza de ciertas regiones de la australia argentina, olvidamos las enormes extensiones deshabitadas, el clima riguroso, las planicies heladas y siempre recorridas por los vientos, la ausencia de vegetación en algunos lugares. Imaginemos, entonces, cómo sería para las tribus que habitaban allí varios siglos atrás el sobrevivir en terreno tan inhóspito durante los largos e inclementes inviernos. Esta leyenda se refiere, precisamente, a un arbusto que ha ayudado a sobrevivir a muchos indígenas en tiempos adversos. Los araucanos han embellecido el origen de la planta del calafate a través de una historia que nos habla de penurias, hambre, soledad, amor a la naturaleza y sentimientos de compasión.

El calafate se extiende por toda la región cordillerana, desde Catamarca hasta Tierra del Fuego. Dicen los mapuches que el que prueba su fruta no se va más de la Patagonia, y si por casualidad debe hacerlo con el tiempo regresará. Muy distinto el efecto, como se ve, al de la flor del loto: desde tiempos inmemoriales se cree que, al probar un extranjero las semillas de él, olvidará su tierra y a los suyos, sin jamás recordar cómo regresar a ellos.

El Señor de Renca

Leopoldo Lugones, en «Romances del Río Seco», cuenta magistralmente la historia del ciego y del Cristo que aparece en el corazón del árbol. Se lo venera hasta el día de hoy, en la misma fecha, y se cuentan muchas historias sobre sacerdotes que intentaron mover la figura o refrenar de alguna manera el fervor de sus creyentes. Si hemos de darles fe, estos religiosos fueron castigados —se entiende que por designios divinos— de diferentes maneras. He recogido versiones muy actuales sobre ello.

Otro hecho que me llamó la atención fue lo sucedido a mitad de este siglo en un lugar llamado Paso de las Flores, (Frías, provincia de Santiago del Estero), donde un rayo que «se abatió con singular violencia sobre un gran algarrobo» aunque no logró voltearlo o incendiarlo, dibujó sobre la madera las facciones del Hijo de Dios. Muy pronto se hacían peregrinaciones para ver el milagro y para «rendir tributo de admiración a lo que interpretan ser un retrato de Jesús tan verídico como milagroso», decían los diarios de la época. La revista «Mundo Argentino», diez años después —del 17 de Diciembre de 1958— lo vuelve a comentar, haciendo notar que el culto continuaba.

Chrenchren y Caicaivilu

La historia de las dos serpientes es considerada en algunos libros como mito, aunque en otros se la señale como leyenda. Además de ser una versión araucana sobre el diluvio universal, explica también el origen de la altura de la Cordillera de los Andes. El primero que tomó nota de esta historia fue Diego de Rosales en la «Hístoria general del reyno de Chile», a finales del Siglo XVII. Aída Kurteff, en «Los Araucanos en el misterio de los Andes», cita otra versión, donde podemos apreciar que el ciclo de las dos serpientes —el Mar y la Tierra— está compuesto de varios episodios. El redentorista Housse ha recogido otra versión mucho más compleja, pero esencialmente similar a la que hemos elegido.

Este relato del diluvio universal tiene cierta semejanza con versiones que provienen de la cultura de los primitivos mexicanos.

La Señora de Ansenuza

Cuando los españoles llegaron a lo que era la Laguna de Ansenuza, impresionados por su extensión y por lo salobre de sus aguas, la consideraron un mar interior y —con la chatura que distinguió, cuando de toponímicos se trataba, a los conquistadores de Córdoba—, la llamaron Mar Chiquita. El flamenco rosado a que hace alusión la leyenda es el animal más representativo de su fauna. La Señora de Ansenuza se diferencia del resto de las «Señoras del Agua» por ser más deidad que sirena.

El Shumpall y la muchacha encantada

El Shumpall se parece, por las características del habitat que ocupa, por su apostura física y la riqueza de su atuendo a otro personaje de una nación lejana pero que, por clima y geografía, se parece bastante a nuestro sur: Escocia. Pero así como nuestro príncipe de las profundidades se porta noblemente con las jóvenes a las que seduce y con sus familias, aquel personaje es maligno y peligroso: se trata del Caballo del Agua, el terrible Kelpie. Se encuentra en los «lochs» —lagos—, cerca de los caminos por donde transitan los viajeros. Como su aspecto es horroroso, suele atraer a los hombres —para devorarlos— presentándose como un caballo lujosamente enjaezado con piezas de oro y plata; si sus víctimas son mujeres, en cambio, se convierte en un joven sumamente atractivo, suntuosamente vestido, que las atrae con su encanto sobrenatural y su belleza luciferina, ignorando ellas que luego de hacerlas sus amantes, las entrega a la condenación eterna. Muchas desaparecieron así, cautivadas por su poderosa sugestión.

Nuestro hermoso Shumpall, en cambio, respetaba promesas y tenía un corazón caritativo, aunque enamoradizo: al parecer, eran innumerables las elegidas para «Señoras (o Dueñas) del Agua»; siempre las consentía y nunca dejaba de proveer el sustento a la familia de la amada. Su reino estaba ubicado en lo más hondo de los lagos y estanques naturales.

El Cazador y el Viento

En casi toda la Argentina encontramos leyendas explicando el nacimiento de los vientos regionales. En la provincia de San Juan existen varias sobre el Zonda, un viento característico de la zona de Cuyo. Pero entre todas seleccioné la del Cazador porque se supone anterior a la conquista y por que trae consigo un planteo muy actual: el de la preservación de los recursos naturales.

Las otras hablan de una estatua de piedra, la de un niño que fue maldecido por su madre a causa de los graves daño que con sus travesuras, indiferencia y especialmente desobediencia, provocara a su familia. La madre, enfurecida, desesperada quizás, lo maldice, en algunos casos tocándolo con una caña. La caña, en los relatos cristianos, es considerada eficaz para defenderse de males y alimañas, porque había protegido a la Virgen María del ataque de una serpiente, quedando en la memoria de la gente como protectora y a la vez, instrumento de castigo.

En alguna de estas versiones, el niño huye hacia la cuesta, un fuerte viento lo persigue, o le cae del alto, convirtiéndolo en piedra. Se cree que esa estatua señala el lugar donde nace el Zonda; según algunos está entre las sierras de Iglesias —por Huaco—, o en Jáchal, como en el relato del Cazador.

Se asegura también que a la hora en que la madre, sin medir las consecuencias, maldijo al hijo, es la hora en que el viento empieza a «zondiar», como dicen los lugareños.

Cosakait y Nayec

Son numerosas las leyendas sobre plantas. Éstas explican sus características y los beneficios que brindan al hombre (alimento, remedio, fuego, materia para fabricar armas, viviendas o utensilios), atribuyendo la metamorfosis a la bendición o maldición de los Dioses o al sufrimiento que mata al cuerpo pero transforma el espíritu en una esencia trascendente y casi inmortal.

Si bien Syria Poletti da la historia como chaqueña, Lucas Goroztazu Astengo la extiende, comprensiblemente, a regiones más amplias, toda vez que en ellas se dé el Guayacán.

En este relato, como en los que le siguen, he tenido que escribir los nombres propios eligiendo entre las distintas propuestas de varios autores.

El olor del infierno

Como en el caso de «La muchacha que cabalga la corza», esta no es en sí una leyenda, sino la recreación de las historias sobre cuevas infernales —llamadas Salamancas—, sumada a otra de las tantas que hay sobre el castigo que Llastay (verdugo de los que abusan de la naturaleza) impone a los que la violentan. Graciela Castillo de Alonso define así su función: «Él siempre está pronto a poner en su lugar al que quebrante sus leyes de protección de los animales en cuanto al número que han de ser muertos, la época en que debe tener lugar la caza, no coincidiendo nunca con la época de postura o reproducción, el respeto por los animales jóvenes y por las hembras que crían... Las leyes de Llastay son muy estrictas y el hombre sabe que si se abusa, tarde o temprano la justicia implacable de Llastay lo alcanza».

En «El Cazador y el viento» se reproduce el mismo tema, y la metamorfosis del joven de «El olor del infierno» en guanaco figura en varias leyendas del nor-oeste: una de ellas sostiene que el hijo fue convertido, para castigo del cazador, en una especie de centauro: de la cintura a la cabeza, el padre reconocía al muchacho, pero la parte inferior era la de un guanaco. Aterrado ante la posibilidad de matar a su propio hijo, el cazador deja de perseguir a los animales.

Las cuevas o Salamancas eran grutas destinadas al culto del diablo y es creencia que existen en casi todo el territorio argentino. En Achiras (Córdoba) se situaba una, lo mismo que en las localidades de Albigasta, Tusca Pozo, Figueroa, Sauce Espina (Santiago del Estero); en el departamento de Tinogasta (Catamarca) hay varias. Es común al sur de Brasil, Uruguay, Chile y otros países de la America española.

Algunos escritores argentinos (Joaquín V. González, Juan Carlos Dávalos) encuentran —si se trataba de cuevas en las alturas de alguna montaña— la explicación de que eran refugio de cóndores que allí anidaban para mejor proteger a su nidada, produciendo sonidos que se volvían aterradores al ser distorsionados por la acústica de los corredores subterráneos.

A todo esto se une la creencia de que el cóndor es un ave de origen mítico, que puede «robar el alma (o la sombra)» por alguna venganza o capricho.

El guardián del último fuego

Esta leyenda plantea una primitiva creencia presente en casi todos los pueblos: si se conserva el fuego, la lluvia cesará en algún momento. En países de Occidente, en la alejada Milanesia y en algunas tribus árabes y africanas, han puesto —y ponen hasta el día de hoy— en práctica el acto de, en medio del diluvio, encender una rama y salpicarla con agua, o mandar a una adolescente desnuda bajo la lluvia, llevando en la mano una astilla encendida. Otras veces (en la Milanesia) se plantaba un palo en la tumba de alguien que hubiera padecido quemaduras o muerto por causa de ellas y después se lo encendía y se lo rociaba con agua. Y, por supuesto, era sabido que había que mantener los fogones encendidos mientras durase la lluvia.

Entre los onas, en cuyo territorio llueve bastante seguido, era muy frecuente que, ante un temporal, el ona tomara un tizón encendido y armado con él saliera a dar golpes al aire para asustar a la lluvia, que viéndose atacada, huiría hacia otro lugar.

Esta leyenda narra también el diluvio universal según los chiriguanos, de la misma forma que la lucha de las dos serpientes lo explica para los araucanos.

El Padre de la Hacienda

A fin de los años ´50, el Ingeniero Salustiano Yáñez, interesado en tradiciones y autor de varios libros sobre el tema, me solía contar en su casa de Cabana —en las Sierras de Córdoba, cerca de Unquillo— otra versión: el suceso se desarrollaba en la estancia Santo Domingo, que pertenecía a los llamados «Frailes Predicadores», y estaba situada entre Pajas Blancas y Salsipuedes.

Decía don Salustiano que en una quebrada profunda habían construido un terraplén que retenía el agua de lluvia, formando así una gran laguna que resistió a la destrucción por mucho tiempo. El establecimiento era productivo, y allí se criaba ganado de excelente calidad.

Los antiguos pobladores de la zona contaban que un verano, al caer el sol, apareció por allí un torito que la gente reconoció después como el «Padre de la Hacienda». Era pequeño y fuerte, de cuernos retorcidos y pelaje de un color ahumado oscuro.

El animal comenzó a bramar y el ganado doméstico fue rodeándolo, siendo cada vez más numerosas las vacas que se unían al cortejo. Al ponerse el sol, se podía decir que allí estaban todos los rebaños de Santo Domingo.

Entrada la noche, el toro cesó de mugir y comenzó a andar seguido por la manada, que se puso en marcha silenciosamente sin que se supiera hacia dónde se dirigían.

Igual que en la primera versión que me llegó, la rastrillada de sus huellas se perdía hacia la región de Mar Chiquita. Jamás se encontró uno solo de aquellos animales.

Tomé el relato del Padre de la Hacienda porque me pareció muy original y poco conocido —hasta ahora no he encontrado, entre la gente que frecuento, quien sepa algo de estos toros—, pero al estudiar la obra de Berta E. Vidal de Battini («Cuentos y leyendas populares de la Argentina», editado por el Ministerio de Educación y Justicia de la Nación, y que consta de 10 gruesos tomos), descubrí que la leyenda del Toro del Agua o del Padre de la Hacienda está tan extendida que prácticamente abarca todo el país, habiendo lugares —como en Santiago del Estero— que llevan un nombre alusivo, como Toroyaco. En San Luis se encuentra el toro de los cuernos de oro de las Salinas del Bebedero, y otro que se aparece en la Laguna del Morro. En Ñorquin y otros lugares de Neuquén hablan de un toro del agua que se lleva la hacienda, y otro semejante —el Toro Negro, le llaman— en la Laguna Guanaco. En Catamarca, en la Laguna Brava, al norte de Ovejería (Departamento de Santa María) tienen el suyo, con las aspas de oro y la maña de robarse la hacienda, que lo sigue hasta perderse en sus aguas.

La Flor Secreta

Esta leyenda es común a toda la zona montañosa del noroeste argentino y muy popular en la provincia de Salta, aunque tiene fuertes raíces europeas. Probablemente fue traída por los españoles y terminó entretejida en la trama de un relato indígena.

El misterio envuelve todo el cuento, pues además de su ambiguo origen, el Lirolay es una flor desconocida: tanto podría tratarse del Amankay de los incas, del dorado Ariruma de los quichuas o el Clavel del Aire de los churrinches.

Dice el relato que cuando se la encontraba, se sabía que se había dado con ella porque se oían las notas de una flauta lejana. Así fue como describió Lucas Goroztazu Astengo a esta flor misteriosa.

La leyenda, que tiene algo de bíblica —Caín y Abel, José y sus hermanos— como también elementos de relatos de Europa del Este, nunca especificó cuál era la flor, y según la región en que se pregunte señalarán una u otra.

Contrariamente a la planta de flores azules llamada «Santa Lucía» —semejante, en su forma, a los ojos de la santa cegada—, que cura algunos males de la vista según lo consigna el Padre Lozano, no he podido averiguar si las diferentes plantas señaladas como Lirolay tienen alguna cualidad restablecedora sobre las enfermedades de los ojos.

Por qué no hay peces en el río Tercero

En 1825, Woodbine Parish fue nombrado Ministro Plenipotenciario del Reino Unido en Argentina, encargado además de hacer un estudio sobre la historia, la economía, la geografía y costumbres de nuestro país. Su obra se tituló «Buenos Ayres y las Provincias del Río de la Plata», donde hace una reseña de todas las provincias constituidas en aquella época. En el capítulo dedicado a

Córdoba, escribió que sus habitantes daban fe implícita a fábulas y leyendas —especialmente milagrosas—, que él veía con el particular desagrado de los protestantes.

Avalaba ésto explicando brevemente la falta de peces en un «arroyo inmediato». Supuse que se trataba del Suquía hasta que años después recogí ésta —más parábola que leyenda, a mi entender— en la ciudad de Río Tercero.

El traductor de Parish hace comparaciones, y entre otras nombra la obra del Dr. Cosme Bueno, «Guías de Perú», donde se cuenta una historia semejante que se desarrolla en La Rioja; dice que habiendo crecido en aquellas tierras excepcionales olivares, dejando enormes ganancias para los propietarios, éstos se volvieron mezquinos para entregar el aceite del diezmo que se acostumbraba ceder a los templos para las lámparas votivas, mandando cantidades irrelevantes o suplantándolas con el sebo maloliente.

Enojado con aquellos a quienes había beneficiado, el Hacedor perdió la paciencia y secó todos los olivos de la provincia. Dicen que por mucho tiempo no crecieron estas plantas en La Rioja, habiéndose perdido fortunas, a pesar de que en un principio de la colonización habían prendido con facilidad.

La cacería de los dioses

Este es «un mito de origen», como señala Mircea Eliade, y de él deriva la ceremonia de iniciación del varón en los tres pueblos indígenas que poblaron Tierra del Fuego. Según el libro «Los Onas», de Carlos R. Gallardo, esa ceremonia era llamada Clocketem, y les estaba prohibido a los jóvenes comunicarla a las mujeres, «cosa que sería para él y para la persona que lo oyera una sentencia de muerte», pues uno de los objetivos era mantener a las mujeres atemorizadas y confirmarlas en la existencia de los espíritus temidos, pues de no ser así ellas podrían volver a esclavizar a los hombres, como en el pasado.

La muchacha que cabalga la corza

En todo el territorio argentino existen numerosas leyendas sobre deidades acuáticas y silvestres que, para bien o para mal, interfieren en el destino de los mortales. Ya sea bajo el aspecto fálico, que puede ser maligno, o benigno como el Shumpall de los araucanos, o en forma de bellísimas muchachas —a veces mitad humana y mitad animal— se aparecen en regiones solitarias, en lagunas, bebederos, ríos y ojos de agua. San Luis tiene varias, la región de los indios mapuches también. Córdoba cuenta con su «Señora de Ansenuza», y en Catamarca vivía, según se cree, la más hermosa de todas: la Mayuj-Mama o Madre de las Aguas que, como la Caá-Sí, la Madre de la Yerba que se enseñorea en el nor-este, ella lo hace por todo el territorio del nor-oeste argentino. El relato de «La muchacha que cabalga la corza» es, más que una leyenda en sí, el resumen de dos o tres de estas deidades en las que los indígenas de las distintas tribus catamarqueñas creían y aún decían haber visto.

Como vemos, las sirenas de nuestro país tienen características que comparten con las europeas: son mitad doncellas, mitad animal (a veces pez, a veces foca, a veces nutria); tienen largas y sedosas cabelleras que peinan con su infaltable peine de oro o plata —a las nuestras les falta el espejo, seguramente porque habitan aguas sin mareas y pueden verse reflejadas en ellas—, atraen a los varones jóvenes y a los hombres en general y su parte sombría se muestra en el insaciable deseo de obtener amantes entre los humanos. Como sus gemelas septentrionales, poseen la virtud de atraer lluvias necesarias, de la misma manera que pueden provocar —éstas y aquéllas— fuertes tormentas, además de secar un remanso, encolerizadas por el comportamiento de los mortales. ¿Cómo explicar —si es que fuera necesario explicar— la presencia de estas ninfas en regiones tan mediterráneas argentinas como San Luis, Catamarca, Córdoba? La explicación no es tan descabellada: se supone que esos depósitos de agua, esos pozos sin fondo —es creencia—, se alimentan de un brazo de mar subterráneo, por donde ellas acceden al interior del país. Para sorpresa mía, esos brazos no llegan en su totalidad al océano Atlántico, sino que provienen del Pacífico, de suerte que si uno cae en uno de ellos será arrastrado hasta la costa de Chile.

El Cerro que truena y el Pájaro-viento

La leyenda del cerro Tronador me recuerda a una especie de recreación del Ocaso de los Dioses: una raza de origen superior, con un pasado confuso, glorioso, brillante y siempre victorioso termina precipitándose en la hecatombe de la violencia al enfrentarse a otra compuesta por seres inferiores. Esta violencia, empezada por el Hombre, termina en manos de los Dioses: habiendo sido una violencia «defensiva», concluye en la venganza de los Seres Superiores contra aquellos que han pisoteado las leyes inquebrantables de los lugares sagrados.

El pájaro Fürüfühué es la representación poética del viento, según el libro «Cuentan los mapuches», edición de César A. Fernández (Biblioteca de la cultura argentina). La interpretación de los Pillañ es más compleja, siendo así explicados en el mismo libro: «Deidad que vive en los volcanes. También se dice del alma de un muerto que mora en un cerro o volcán. Puede ser un espíritu benéfico o maléfico». Si recordamos, en el cuento de Chrenchren y Caicaivilu, es una especie de demonio. Otros autores dicen que el o los Pillañ son los protectores de la raza o las almas de los más bravos guerreros que habitan —o no— el Más Allá.

El árbol de la lluvia

El Huiñaj es un árbol —o mejor arbusto— que crece en una vasta región de nuestro país, asombrando con su caprichoso comportamiento: cuando va a llover brotan de sus ramas sin hojas yemas amarillas, no importa qué estación sea. Simplemente florece para anunciar el alivio de la sequía. Berta Vidal de Battini tiene muchas versiones recogidas en distintas provincias. En algunos lugares, como en Córdoba, se lo llama Palo Cruz por la forma en que nacen sus gajos, y es creencia que, refugiándose bajo él, o teniéndolo cerca de la casa, no permitirá que el rayo dañe a personas o bienes.

El Candiré

Marta Quiles, excepcional autora y estudiosa correntina, me transmitió esta leyenda. La rareza estriba en que no la había recogido de la «gente vieja», de quienes ella rescataba palabras, «sucedidos», cuentos e historias que luego elaboraba en canciones, poesías y relatos que le han ganado muchos premios y consideración. Esta leyenda le llegó por intermedio de una estudiosa danesa que estaba investigando en el nor-este la influencia de los jesuitas en los territorios guaraníes. Ella la había descubierto en una biblioteca donde se encontraron algunos textos de la Compañía de Jesús, que evidentemente habían ido a parar allí en el tiempo de la expulsión, siendo hallados en este siglo.

El santo sin nombre

Es una de las más bellas leyendas cristianas, a mi parecer, y casi no se encuentran en ella elementos indígenas. Como otras, se refiere a la traumática expulsión de los jesuitas en la América Española; la versión que reproduzco del Padre de la Hacienda tiene su origen en el mismo acontecimiento. Todavía se hacen peregrinaciones al cerro de la ermita.

Bibliografía

Cuentan los Mapuches-**Edic. de César A. Fernández** (Biblioteca de la cultura argentina).

Cuentos y Leyendas populares de la Argentina, de **Berta E. Vidal de Battini** (Secretaría de Cultura - Ministerio de Educación y Justicia de la Nación) Tomos VI y VII.

Los Mitos griegos, de **Robert Graves.**

Romances del Río Seco, de **Leopoldo Lugones.**

Iniciaciones místicas, de Mircea Eliade.

Antología cultural del Litoral Argentino (Edición de **Eugenio Castelli** - Biblioteca de la cultura argentina).

Los Araucanos en el misterio de los Andes, de **Aída Kurteff.**

La Rama dorada (Magia y Religión), **de James G. Frazer.**

Diccionario de creencias y supersticiones, de **F. Coluccio.**

Cinco leyendas en cinco flores argentinas, de **Lucas Goroztazu Astengo.**

Leyendas de la Laguna Brava, de **Carlos Villafuerte** (Publicado en el diario «La Prensa» el 10 de abril de 1966).

Leyendas argentinas, recopilación de **Paulina Martínez, Eva Rey y P. Romera.**

Leyendas de los Andes (Colección Mitos y Leyendas, de Editorial Aguilar)

Mitos y Leyendas Catamarqueños (recopilados por **Graciela Castillo de Alonso**, para Cuadernos de la poesía y el relato orales).

Los Onas, por **Carlos R. Gallardo.**

Diccionario de las hadas, de **Katharine Briggs.**

Los Celtas (mitos y leyendas), de **T.W.Rolleston.**

Tradiciones y recuerdos de mi tierra, de **Salustiano Yáñez.**

Motivos argentinos, de **Salustiano Yáñez.**

Buenos Aires y las provincias del Río de la Plata, de **Woodbine Parish.**

Descripción corográfica del terreno, árboles, etc., del Gran Chaco, de **P. Pedro Lozano, S.J.**

Cuentan los araucanos, de **Bertha Koessler-Ilg.**

Y a **Marta Quiles**, mi agradecimiento por la leyenda de *El Candiré.*